L'EXÉCUTEUR

L'OPÉRATION TEXANE

DÉJÀ PARUS

DON PENDLETON

L'EXÉCUTEUR

L'OPÉRATION TEXANE

PLON HUNTER

Photo de couverture : Pictor international

ISBN : 2-259-01367-8

CHAPITRE PREMIER

Genaro Banelli se sentait emporté par un torrent tumultueux dans un tunnel aussi sombre qu'un caveau et, parfois, des choses répugnantes et indéfinissables s'attachaient à lui comme pour le retenir.

Genaro « Cashier » Banelli rêvait et cela ne lui arrivait que très rarement, seulement quand il avait un peu trop bu, ce qui était précisément le cas. En fait, quelques heures plus tôt, il avait attrapé l'une des plus fantastiques cuites de sa vie chez Ronnie qui venait de recevoir un nouveau contingent de call-girls. Il fallait bien les essayer, ces nouvelles filles. Et Ronnie Giancana avait organisé une petite réception dans sa somptueuse propriété à l'est de Dallas, avec maîtres d'hôtel stylés, caviar et champagne Dom Pérignon.

Banelli avait bu. Il avait attaqué sec dès le départ, mélangeant scotch et champagne, simplement parce qu'il se sentait dans un état de légitime euphorie. Les « affaires » roulaient grassement. L'argent affluait sans discontinuer et les flics foutaient une paix royale aux *amici* depuis l'arrivée d'un nouveau grand patron à Dallas. De plus, peu de temps auparavant, Genaro avait gravi un important échelon dans la hiérarchie de la Mafia américaine. De surveillant de jeux clandestins, il venait d'être brusquement promu parmi les cinq *soto-capi* de la famille régnante. Il était donc le numéro Six.

L'époque était lointaine où « Geen » n'était qu'un minable petit encaisseur de fonds chargé de collecter les fruits des rackets opérés chez les commerçants soumis à la « protection » de la Famille. C'était à cette époque de vaches maigres que les *amici* l'avaient surnommé « The Cashier », l'encaisseur. Combien de temps, déjà ? Dix ans. Peut-être quinze... Peu importait. Il ne voulait plus se souvenir de ces temps difficiles où il devait briser à coups de crosse de revolver les doigts des mauvais payeurs, incendier des boutiques pour convaincre les plus récalcitrants ou même, parfois, faire péter à coup de marteau ou de hache le crâne d'un connard assez stupide pour n'avoir pas compris les avertissements.

Genaro ne voulait plus se rappeler qu'on l'avait pris pour un minable exécutant. Il avait franchi des étapes, s'était imposé aux chefs jusqu'à prendre place à côté d'eux. Et il aimait la belle vie : celle où l'on peut dépenser son pognon sans compter, bouffer dans les grands restaurants et se taper les plus belles filles. A quarante et un ans, Genaro occupait actuellement une position enviable au sein de la *Cosa Nostra*. Pour lui, tout baignait dans l'huile.

Mais, en la minute présente, « The Cashier » baignait surtout dans sa sueur. Une sueur puante et glacée issue de son cauchemar éthylique et des pensées morbides qui le hantaient toujours malgré sa nouvelle vie de mafioso riche et respecté. La sensation qu'il en éprouvait était tellement désagréable qu'il émit une sorte de curieux couinement, puis un borborygme, et émergea de son cauchemar. La première chose qu'il aperçut, déformée, fut la fille qui se tenait assise dans le lit, à côté de lui. Geen se souvint qu'il l'avait ramenée de chez Ronnie, mais il était incapable de se rappeler s'il avait fait quelque chose avec elle au cours de la nuit. Probablement pas, dans l'état où il était rentré !

Mais que faisait cette conne, assise, essayant de cacher ses nichons avec ses bras croisés et regardant droit devant elle comme une vache terrorisée ? Machinalement, il suivit son regard, tourna la tête, et se demanda s'il n'était pas en train de poursuivre son mauvais rêve.

Un type en noir était planté à côté du lit. Un type immense, parfaitement immobile, qui l'observait avec une fixité effrayante. Un énorme flingue nickelé pendait à sa hanche dans un étui militaire accroché à un ceinturon bardé de chargeurs. Un autre, moins volumineux mais prolongé par un long bulbe sombre, était inséré dans un holster en cuir qui lui barrait la poitrine. Bon Dieu ! Ça ne pouvait pas être vrai. Ce mec n'existait pas ! Banelli ferma les paupières en se disant que ce n'était qu'une vision. Pourtant, quand il regarda de nouveau, le type infernal était toujours là, dans la même position, à un détail près : à présent, il braquait sur lui le calibre noir dont la gueule sinistre avait l'air de vouloir engloutir le nouveau *soto-capo* de Dallas.

Il clapit, prit son souffle et hurla soudain :

— Tim ! Aldo !

L'apparition vêtue de noir n'eut qu'une seule réaction. Un mince et froid sourire se dessina dans son visage de glace et il laissa tomber lugubrement :

— Pas la peine d'appeler tes porte-flingue. Ils viennent de prendre un billet sans retour.

— Hein ? Où qu'ils sont ? demanda stupidement Banelli en sentant le souffle lui manquer.

Bon Dieu, qu'il avait la langue pâteuse ! Elle devait ressembler à une râpe et son haleine était capable d'anéantir un escadron de putois. Mais l'autre ne paraissait pas le moins du monde incommodé. Sans presque remuer les lèvres il répondit brièvement :

— Morts.

— Quoi ? Vous... vous...

Ce n'était pas possible ! Aldo et Tim étaient des tireurs trop rapides pour s'être fait bousiller aussi facilement. Et pourtant, si ce grand salaud glacial était parvenu jusque dans la chambre de Banelli, ça ne pouvait avoir qu'une signification : il leur était passé sur le corps...

Le grand salaud jeta un regard rapide à la fille et laissa tomber :

— Prenez vos affaires si vous en avez et cassez-vous.

Elle ne se fit pas prier. Avec des gestes précipités, elle sauta du lit, rafla quelques vêtements sur le dossier d'un fauteuil et quitta la pièce en claquant la porte.

Durant le court intermède, le mafioso avait tenté de remettre de l'ordre dans ses pensées. Mais son cerveau marchait au ralenti, ses idées s'engluaient dans un marécage plein de remous éthyliques. Il se souvint soudain qu'il avait planqué un revolver .38 Special sous son oreiller, comme il le faisait chaque nuit avant de s'endormir ; une habitude du temps où il descendait encore dans la rue pour faire le coup de poing ou le coup de feu. Comme s'il avait deviné ses pensées, le fumier à la combinaison noire annonça :

— Cherche pas ton flinge, Geen. Tu ne le trouveras pas non plus.

— Putain ! explosa Genaro. Qu'est-ce que vous voulez ? Et qui vous êtes ?

— Tu n'en as pas une idée ?

Les yeux bouffis du *soto-capo* s'amenuisèrent sous l'effort de la réflexion. Puis ils s'agrandirent brusquement :

— Merde ! Bolan ! Espèce d'enculé, si tu crois que tu vas t'en tirer comme...

— On va discuter, coupa Bolan. Et sois certain que je vais m'en tirer aussi facilement que je suis entré. Première question : qui est le nouveau grand patron de Dallas ?

— Va te faire foutre ! éructa méchamment Banelli.

— Seconde question, continua imperturbablement l'Exécuteur. Quel est le gros coup en cours ? Tu as dix secondes pour fournir les réponses. Après, je te fais sauter la tête. Le décompte est commencé.

— O.K., O.K. ! tenta soudain de concilier le truand affranchi. C'est vous qui tenez le pétard, mais je comprends pas ce que vous voulez dire...

— Dommage pour toi. En enfer, tu leur expliqueras que tu es mort innocent.

— Mais, je...

— Tu n'as plus que cinq secondes, Geen. Quatre...

Banelli s'était redressé sur ses coudes, l'air à la fois stupide et sournois. Il n'y croyait pas encore. Pas véritablement. Où était la scène ? Dans cette chambre imprégnée d'une odeur de sueur et du parfum de la petite pute, ou dans sa cervelle engourdie ? Il se jura mentalement de ne plus jamais toucher un verre d'alcool.

L'ordure en combinaison noire lâcha d'une voix abominablement neutre :

— ... Une seconde, vieux. Tant pis pour toi.

Non, décidément, Banelli ne pouvait pas y croire. Il ne le voulait surtout pas et tentait de se persuader qu'il n'avait devant lui qu'une image immatérielle. Une nouvelle fois, il ferma les yeux et commença à respirer à fond pour dissiper le brouillard de son cerveau. Un bruit étrange se produisit alors, semblable à celui d'un cri étranglé et rauque qu'aurait pu pousser un asthmatique. Une brusque brûlure lui vrilla la tête, lui coupant la respiration et le plongeant dans un abîme de terreur. Dans un effort de réflexion démesuré, il se dit que le salaud lui avait tiré dessus et l'avait raté. Et il allait sans aucun doute recommencer. Battant frénétiquement des paupières, il porta les mains de chaque côté de son visage, retira la droite rougie de sang et, renouvelant précipitamment le geste, s'aperçut que le lobe de son oreille n'existait plus.

— Ça, c'était simplement pour te remettre

les idées en place, déclara Bolan. Maintenant, on reprend la discussion et dis-toi que la prochaine balle te fera sauter la moitié du crâne.

Cette fois, Genaro « Cashier » y croyait, à sa vision. Elle était bien réelle et aussi mauvaise qu'un cobra. Il dodelina de la tête et prononça un « oui » à peine audible.

— Qui est le nouveau grand patron de Dallas ? réitéra l'Exécuteur d'un ton très calme, comme s'il s'adressait à un enfant attardé.

Après tout, pensa Banelli, ça n'avait rien de compromettant de lui refiler le nom du grand boss. Sur place, tout le monde était au courant et ça n'avancerait en rien la combinaison noire.

— Nat Tramunti, articula-t-il en grimaçant, la main droite collée à son oreille ensanglantée.

— Depuis combien de temps est-il en place ?

— Ben, heu... Ça fait à peu près cinq mois.

— C'est son vrai nom ?

— Ouais. Je crois bien...

— O.K. Maintenant, parle-moi de la combine magnifique.

Le *soto-capo* baissa fugitivement les paupières, mais Bolan avait eu le temps de distinguer la lueur de ruse dans son regard.

— En quoi ça consiste ? On m'a dit que les affaires sont particulièrement florissantes, par ici.

— Vous savez... c'est la routine. Tout marche

bien parce qu'on se défonce et que le boss chipote pas pour la répartition des bénéfices...

— Un vrai petit paradis, quoi ?

— On peut dire ça, ouais. Ici, y a pas d'histoires. On nuit à personne, on aide même la municipalité à construire des hôpitaux et des écoles pour les mômes. Tout le monde y trouve son compte... Et je comprends pas ce que vous venez faire dans le coin. C'est pas un terrain pour vous, Bolan, vous trouverez aucune saloperie. Juste des putes bien propres qui gagnent bien leur vie, quelques investissement immobiliers et un peu de jeu, aussi, pour les mecs qui aiment flamber. Mais rien des vieilles méthodes, c'est fini, ce temps-là.

— Et les flics ?

— Quoi, les flics ?

— De quelle façon vous vous arrangez avec eux ?

Banelli haussa les épaules en signe d'évidence.

— On ne les emmerde pas et ils nous foutent la paix. C'est aussi simple que ça.

— Vraiment ? On m'a parlé d'un gros bonnet de la Préfecture qui touche des enveloppes.

— Ouais. Heu... Ça arrive de temps en temps. Faut bien entretenir les relations, non ? Ces gars-là touchent pas des masses à la fin de chaque mois.

— Mais ils rendent de gros services. Bon, c'est tout pour l'instant, décida l'Exécuteur.

— Vous ne voulez plus me poser de questions ?

— Non. Sors de ton plumard, Genaro.

Ahuri, Banelli mit plusieurs secondes à se demander pourquoi la conversation cessait aussi subitement. Enfin, une réponse lui vint, évidente, et il sursauta.

— Hé ! Vous allez pas me flinguer ? J' vous ai dit tout ce que vous vouliez savoir...

— Pas cette fois, à moins que tu essayes une connerie. Tu vas aller porter un message de ma part à Nat Tramunti. Dis-lui que je suis à Dallas et que je vais foutre tout son système en l'air.

Le mafioso releva les yeux pour le fixer avec étonnement et protesta :

— Si vous essayez de faire ça, c'est complètement con. Je vous ai dit que tout est propre par ici. Et puis, vous réussirez jamais, y a trop de...

Il s'interrompit d'un coup, vaguement conscient qu'il risquait d'en dire trop. Bolan n'insista pas. A travers la phrase inachevée, il avait eu confirmation des informations qu'on lui avait communiquées.

— Sors de là.

Banelli quitta prudemment son lit qu'il contourna et ébaucha le geste d'attraper son pantalon qu'il avait jeté sur la moquette avant de s'endormir.

— Non ! fit l'Exécuteur. Avance comme tu es vers ta salle de bains et planque-toi à l'intérieur.

Raidi par l'angoisse de voir l'abominable flingue noir cracher une nouvelle balle, Genaro marcha doucement à travers sa chambre en direction de la salle d'eau. Lorsqu'il fut parvenu devant la porte, Bolan l'y rejoignit en quelques enjambées souples et lui assena une fantastique manchette à la base de la nuque. Puis, le retenant dans sa chute, il le poussa sur le carrelage, le laissa mollement tomber et referma la porte.

Une rapide visite de la chambre et du living-room du studio lui permit d'empocher quelques papiers comportant des annotations manuscrites, ainsi qu'un agenda avec un répertoire alphabétique. Trois minutes plus tard, il quitta les lieux et prit place à bord d'une Porsche 930 Turbo de couleur bleu métallisé qu'il pilota en direction de l'est. Quatre kilomètres plus loin, il stoppa sur le parking d'un supermarché. Un imperméable léger passé par-dessus sa combinaison de combat, il rejoignit son char de guerre camouflé en mobil-home. Il était huit heures du matin. Rosario « Politicien » Blancanales l'attendait à l'intérieur du véhicule. Il buvait du café en fumant, l'œil rivé sur l'écran d'un micro-ordinateur.

A l'entrée de Bolan, il releva la tête et demanda avec impatience :

— Alors ?

— Tes informations pourraient être confirmées.

— Preuves ou intuition ?

— Intuition pour l'instant et forte présomption, répliqua Bolan.

Il déposa devant Politicien l'agenda et le répertoire téléphonique en commentant :

— Jette un coup d'œil là-dessus et dis-moi ce que tu en penses.

Puis il entreprit de défaire son harnachement et sa combinaison, passa un pantalon Jean et une chemisette et s'assit sur une couchette pour étudier les notes manuscrites de Genaro Banelli.

L'Exécuteur était arrivé la veille à Dallas, depuis l'Arizona où il s'était attaqué à la vermine de Phoenix (1). Où, aussi, il avait bien failli donner sa dernière bataille, piégé par une armée de policiers — de vrais professionnels qui l'avaient rapidement poussé dans une chausse-trape dont il n'était sorti que grâce aux fantastiques moyens opérationnels de son char de combat et à l'intervention aérienne de Jack

(1) Cf. *Furie à Phoenix* (Exécuteur N° 56).

Grimaldi, un pilote ami qu'il avait récupéré dans les rangs de la Mafia.

Quelque temps auparavant, il était passé sur Houston, dans le sud-est du Texas (1) ; il y avait anéanti deux compagnies entières d'*amici* et démantelé un complot visant à fédérer une bonne dizaine d'entreprises du « Syndicat » dans divers Etats américains. Puis Blancanales l'avait appelé par radiotéléphone et lui avait fait part d'un nouveau gros *business* à Dallas. Il avait aussitôt accouru, rencontré Blancanales qui l'avait mis au courant de ses informations. L'amitié entre les deux hommes remontait au début de la guerre de l'Exécuteur contre la *Cosa Nostra*. Herman Schwarz, dit « Gadgets », et Blancanales étaient les deux seuls rescapés du Squadron de la Mort que Mack Bolan avait monté en Californie. Depuis, l'Exécuteur s'était juré de ne plus les faire participer à son action guerrière. Sur leur demande, il les avait seulement utilisés parfois comme couverture logistique, mais sans les exposer directement. Or, voilà que soudain Politicien réapparaissait et déclarait sans ambiguité : « Il y a un sacré pique-nique au Texas, Mack. Il faut réunir ce qui reste de l'ancienne équipe et tailler dans le morceau, ça urge. » La *vieille équipe* incluait Jack Grimaldi, le pilote aux cent mis-

(1) Cf. *Tornade sur la Mafia* (Exécuteur N° 55).

sions réussies et ancien du Viêt-nam. Avant l'arrivée sur place de Bolan, ils étaient déjà réunis dans un hôtel de la périphérie de la ville, sûrs que le grand guerrier sombre serait au rendez-vous. Et Politicien avait expliqué à Bolan : « Je ne sais pas encore exactement quelle est la nouvelle magouille, mais ça paraît vachement sérieux. Ils utilisent des méthodes sophistiquées et font fonctionner des ordinateurs à tout va. Ça pourrait bien être un énorme coup pour l'économie américaine. »

Selon Blancanales, le « nouveau *big boss* » de Dallas avait été nommé par la *Commissione* de Manhattan, le Grand Conseil qui présidait à la destinée du *Crime Organisé* à travers tout le pays. Il tenait l'information d'une cliente de son agence d'enquêtes, une certaine Gloria Simpson, qui avait réclamé une série de recherches sur la mort soi-disant accidentelle de son mari. D'après elle, Roy Bennet Simpson ne serait pas décédé à la suite d'un banal accident de voiture, mais bien liquidé par la Mafia. Elle avait parlé de quelques hommes avec lesquels son mari avait été en relation avant sa mort ; elle avait appris que Roy Bennet avait subi des pressions et reçu des menaces concernant une certaine affaire qu'on voulait l'obliger à prendre en charge. Elle savait aussi de quelle façon l'enquête de police visant à faire la lumière sur le prétendu accident avait été freinée puis enterrée. Quelqu'un, en haut lieu, avait fait classer le dossier sans suite, alors qu'il était apparu dès les premières constatations que Simpson était tombé dans un traquenard tendu sur la route. Et c'était également Gloria Simpson qui avait parlé à Politicien, à mots couverts, de la réorganisation qui s'opérait confidentiellement dans le milieu industriel et économique de Dallas. Une réorganisation qui n'avait manifestement rien à voir avec les méthodes honnêtes, puisqu'il était apparemment question d'une mainmise occulte sur les principaux responsables officiels de la cité ainsi que sur divers notables.

D'autre part, selon les renseignements pris par Politicien et Gadgets Schwarz, le cas de Roy Bennet Simpson n'aurait pas été unique en son genre. Plusieurs personnalités avaient trouvé récemment la mort dans des circonstances assez mystérieuses que les enquêteurs avaient systématiquement étouffées. Parmi ces personnes : un juge fédéral, un avocat et un informaticien responsable d'une entreprise de gestion en sous-traitance avec plusieurs sociétés pétrolières indépendantes.

Roy Bennet Simpson, lui, était Conseiller juridique en affaires. En outre, il détenait d'importantes parts d'une compagnie nationale de transport.

Dans l'esprit de Mack Bolan, une idée globale, encore insuffisamment précise mais cependant logique, s'était faite quant à la nature de la magouille locale. De toute évidence, on avait affaire à un « trustage » occulte de l'économie texane par le syndicat du crime. Restait à savoir quels étaient les biais utilisés et les personnages en cause.

« Fini le temps des vieilles méthodes », avait affirmé Geen Banelli à Bolan. Tu parles ! L'appétit de la Mafia pour les affaires bien juteuses était toujours le même. On avait changé quelque peu les anciennes méthodes, on les avait modernisées, adaptées, mais les résultats et les moyens restaient semblables : vol, captation de biens, assassinat, corruption et chantage.

L'Exécuteur n'avait pas l'intention de laisser s'accomplir la grande magouille texane, du moins tant qu'il aurait encore un souffle de vie en lui. Il venait tout juste d'entrer dans la danse infernale et avait averti les *amici* qu'il leur déclarait la guerre. Ce n'était pas par bravade qu'il avait fait passer le message à Nat Tramunti par l'intermédiaire de Geen Banelli. C'était sa manière à lui de donner un premier coup de pied dans la fourmilière afin de pouvoir ensuite observer ce qui allait immanquablement se passer. Sans nul doute, il y aurait des coups de fil échangés tous azimuts, des doutes, des angoisses soudaines et toutes sortes d'autres réactions qui ne manqueraient pas d'être intéressantes. Et pour bien leur montrer qu'il ne s'agissait pas d'une simple blague de mauvais goût, Mack allait confirmer le message à sa façon. Très vite et sans équivoque possible.

Il avait localisé la vermine. Il devait à présent l'identifier formellement, sans risque d'erreur, lui porter des coups aptes à déstabiliser ses structures, puis, enfin, l'anéantir. C'était son invariable *modus operendi.* Quoique schématiquement très simple, le procédé requérait de la réflexion, des calculs précis, l'établissement d'un cheminement de repli et une parfaite connaissance de la psychologic de l'adversaire ; ce qui était précisément le cas. Et Bolan allait placer tous ces atouts dans son jeu pour se lancer contre la racaille hideuse de *l'Organized Crime,* même si celle-ci possédait aujourd'hui le visage de l'honnêteté et de la respectabilité.

Il se redressa sur la couchette, plia les papiers qu'il venait de consulter et s'approcha de Blancanales. Ce dernier semblait passionné par la lecture du carnet dérobé à Banelli.

— Intéressant ?

— J'en ai l'impression, repartit Blancanales en relevant le nez, avec une moue d'appréciation. Ce mec a beaucoup de relations, mais on dirait qu'il n'a pas une très grande mémoire. Il y a pas mal d'annotations en abrégé à la suite des noms, comme s'il avait peur de ne plus se souvenir à quoi correspondent tous ces gens-là. Et ça doit être un pointilleux, il marquait ses rendez-vous en les accompagnant de commentaires, toujours en abrégé, mais on peut en comprendre le sens.

Il marqua une petite pause, reprit :

— Roy Bennet Simpson figure sur sa liste, ainsi qu'un des types décédés il y a quelques mois de ça : le juge Donnoway. D'après ce que j'ai entendu dire, il serait mort d'un infarctus mais il m'a été impossible d'avoir l'acte médical en communication. A l'hosto, on m'a répondu que le dossier avait été réclamé par l'Attorney Joss Stirn après accord du *General Attorney* Spellman. Et ce qui est marrant, c'est que Stirn et Spellman semblent également faire partie des relations de Genaro Banelli...

Bolan enregistra mentalement les informations, puis déclara :

— Fais une recherche par ordinateur, Pol. Etablis une liaison radio et consulte les banques nationales de données jusqu'à ce que tu saches qui sont tous ces gens et quelles sont leurs activités exactes. Essaie de te renseigner également sur Nat Tramunti.

— O.K. Ça peut demander un sacré bout de temps.

— Prends le temps qu'il faudra, je veux savoir exactement où je mets les pieds et quelles sont les ramifications avec les *amici*. Tu trouveras les codes d'accès aux *centres serveurs* sur la disquette de référence.

Blancanales opina, se mit au travail, tandis que Bolan s'installait devant le radiotéléphone. Il forma un numéro confidentiel correspondant au siège de la *Commissione*, à Manhattan. Quand une voix anonyme lui eut répondu qu'il était en ligne avec la « Transamerica Export » — une société bidon de camouflage — il demanda Philippe Necker.

Phil Necker (Nequero) était un mafioso bien coté dans le Milieu, un *Consigliere*. Mais c'était aussi et surtout un flic fédéral infiltré dans les rangs de la *Cosa Nostra* quand Léo Turrin avait été obligé de se retirer du circuit, complètement grillé et un contrat à plusieurs chiffres sur sa tête.

Bolan avait besoin d'un complément d'informations en provenance de la côte Est afin de confirmer un renseignement glané par Blancanales. Et Necker pourrait sans doute l'éclairer.

Dès le contact téléphonique établi, ils n'échangeraient aucune conversation en clair, par prudence. Le fédé déguisé allait répondre qu'il s'agissait d'une erreur, puis il rappellerait Bolan dix minutes plus tard à partir d'un poste téléphonique fiable. C'était la routine.

Enfin, la voix de Necker retentit dans l'appareil.

— Ici Dakota, dit Bolan.

— Qui ?

Bolan répéta et Necker renvoya presque aussitôt :

— Je ne connais pas de Dakota. C'est pourquoi ?

— Rien, c'est une erreur.

L'Exécuteur raccrocha et trompa son attente en réfléchissant aux informations qu'il détenait déjà. Dès que le trouble serait levé sur ce nouveau champ de bataille, qu'il n'y aurait plus le moindre doute quant aux implications de divers personnages en scène, alors il donnerait la mesure de ses talents de combattant.

Une guerre allait s'abattre sur Dallas, dévastatrice et impitoyable. Que rien n'allait pouvoir arrêter sauf l'anéantissement d'un des deux adversaires. La Mafia avait l'avantage du nombre et celui de la rouerie. Bolan, lui, possédait toute l'efficacité redoutable de son char de guerre aux multiples possibilités offensives, un entraînement hors du commun et une foi inébranlable en la mission qu'il poursuivait inlassablement depuis que la vermine l'avait touché, à Pittsfield, dans sa chair et dans son âme.

Les *amici* avaient déjà payé d'innombrables crimes par d'innombrables morts dans leurs rangs. Mais rien n'était fini. L'addition s'avérait interminable.

CHAPITRE II

— Tu peux me croire, Sam. Je te jure que j'ai vu ce mec comme je te vois en ce moment. Il portait sa saloperie de combinaison noire et deux flingues dont un énorme, tout brillant comme pour aller à un concours de tir, et l'autre avait un gros silencieux noir. C'est avec celui-là qu'il m'a tiré dessus.

Geen Banner (Genaro Banelli) avait l'oreille droite et une partie de la joue masquées sous un grand pansement maintenu par une croix de sparadrap. Il venait de débarquer chez Sam Morton (Morelli), croyant y trouver le grand patron qui avait prévu la veille une réunion avec deux *soto-capi* ayant le contrôle de la partie ouest de la ville. Mais la rencontre avait été ajournée deux heures auparavant. Natale Tramunti ne se trouvait donc pas dans les lieux et Geen n'avait pour interlocuteur que Sam Morton et son garde du corps, un type trapu au faciès néandertalien et à la poitrine entièrement couverte de poils qui jaillissaient par le col déboutonné de sa chemise.

Banelli n'affectionnait pas particulièrement Morton, avec ses airs supérieurs, sa raillerie toujours prête à se manifester et sa prétendue connaissance en matière de business. Mais il n'avait pas le choix. Poussé par la trouille, il avait déjà lâché trop d'informations et ne pouvait plus faire marche arrière sans perdre la face. Et Morton était un *soto-capo*. Comme lui.

Ce dernier affichait un sourire moqueur en écoutant Banelli débiter précipitamment sa tirade. Il se tenait debout devant une fenêtre, observant deux jardiniers — en réalité des *soldats* qu'il utilisait comme domestiques durant les périodes de grand calme mais qui néanmoins étaient toujours porteurs d'armes de gros calibre aux chargeurs bien garnis. Deux autres gardes occupaient chacun une chambre de la villa, au rez-de-chaussée; des hommes bien entraînés et prêts à surgir aussi vite que des chiens de défense au moindre appel de leur maître. Un cinquième homme se tenait à l'entrée de la propriété, solidement armé lui aussi. Avec le garde du corps personnel de Morton-Morelli, cela constituait donc un groupe de défense de six unités dont il était sûr de l'efficacité. Malgré ces temps de paix et de prospérité, et bien qu'il passât pour être toujours sûr de lui, Morton avait la méfiance chevillée au corps. De taille très moyenne, avec un visage mince et anguleux, des mains petites mais nerveuses, il avait connu l'époque des règlements de comptes, des liquidations expéditives et des opérations coup de poing ou « pic à glace ». Et bien qu'il n'eût que quarante-trois ans, c'était un vieux routier de la bagarre, du vice et de l'arnaque. Il se faisait accompagner partout de son gorille favori et ne recevait jamais personne hors de sa présence, hormis le boss Nat Tramunti auquel il vouait une admiration apparemment sans borne.

Banelli continuait de piailler dans son dos, sous l'œil morne du gorille qui se tenait debout, le dos appuyé contre un mur. Banelli se retourna lentement et regarda avec condescendance l'homme devenu récemment son égal.

— J'ai l'impression que t'es pas bien dans ton assiette, Geen. Je voudrais pas te faire de reproches, mais t'as dû trop picoler hier soir chez Ronnie.

— Merde ! Ça n'a rien à voir. J' te répète que je l'ai vu tout à l'heure. C'était pas hier soir. Et c'était bien Bolan la Pute, habillé en noir, avec un flingue noir et...

— Tu me fais chier avec tes trucs noirs, rétorqua Morelli, un sourire suffisant sur ses lèvres minces et une pointe de méchanceté dans le ton. Dis plutôt que tu t'es complètement noirci et que t'as mal vu ton reflet dans la glace.

Banelli crispa ses mâchoires, le regard furieux, et désigna son pansement d'un index rageur.

— Et ça, c'est un reflet, aussi ? Tu veux peut-être que j'enlève cette saloperie pour te montrer ce qui reste de mon oreille !

— Qu'est-ce que t'en penses, Sweetty ? fit Morton à son garde du corps. On lui demande de nous montrer son oreille ? Peut-être que c'est vrai, après tout... P't'être qu'il s'est fait mordre par une nana pendant la nuit, hein ?

Le visage de Banelli s'était empourpré. Il savait que l'autre le chambrait pour le mettre hors de lui. C'était dans ses manières habituelles. En fait, il se demanda ce qu'il faisait dans cette maison, à raconter ce qui lui était arrivé à un sale con prétentieux qui ne cherchait manifestement qu'à lui faire perdre la face. Il se renfrogna, pivota sur les talons et commença à avancer d'une démarche saccadée vers la sortie.

— Hé ! Où tu vas ? fit Morton.

— J' t'emmerde ! cracha Banelli sans se retourner.

— Attends ! Je voulais pas t'offenser, Geen. C'était pour essayer de te décontracter un peu, t'es arrivé ici en ayant l'air de t'être coincé les couilles dans une porte. Bon, on va discuter tranquillement. O.K. ?

Le nouveau *soto-capo* s'arrêta et se retourna :

— Je veux qu'on passe un coup de fil à Nat pour le prévenir.

— J'ai essayé de le joindre quelques instants avant ton arrivée, il est pas chez lui. On rappellera tout à l'heure.

Après un court silence pendant lequel Banelli cherchait à prendre une décision, Morton poursuivit :

— Bon, d'accord, y a un type qui est venu chez toi et il portait une combinaison noire. Comment peux-tu être sûr que c'était Bolan ?

— Eh ben... C'est son accoutrement habituel, non ? Et il m'a dit que c'était lui. Il a ajouté que je devais porter un message à Nat, qu'il allait foutre tout le système en l'air. Et il avait pas l'air de savoir qui est le patron ici.

— Il t'a posé des questions à ce sujet ?

— Il m'a dit texto : « Qui est le nouveau boss de Dallas ? » Et il m'a demandé aussi en quoi consiste la grosse combine...

— Il te paraissait renseigné ?

— Non, puisqu'il me posait des questions.

— Je veux dire qu'il cherchait peut-être une confirmation.

— Je crois pas, enfin, j'en sais trop rien. Il

m'a parlé aussi des flics qui touchent des ènveloppes.

Morton eut son mince sourire sarcastique et le gorille laissa échapper un petit ricanement.

— Ça se fait partout, dit Morton. Ce mec y a été au flanc et c'est pas dans les habitudes de la grande Pute.

— J'ai pas la trouille, Sam, mais avec ce fumier dans nos murs, y a tout à craindre. Partout où il débarque avec l'odeur du sang dans les naseaux, il massacre nos amis sans qu'on puisse jamais le voir vraiment en face et il se casse aussitôt en laissant derrière lui un carnage. Et tout ça en quelques secondes, je sais pas comment il fait.

— Justement, c'est ça qui cloche...

— Quoi ?

— Tous ceux qui ont vu Bolan en face et à qui il a tiré dessus ne sont plus là pour le raconter. Ils sont tous mort. Et toi, tu es bien vivant, Geen.

De nouveau, la face de Banelli se convulsa. Un tic agita frénétiquement sa joue.

— Tu veux dire encore que je te raconte une connerie ?

— Calme-toi, je cherche seulement à comprendre. Faut pas paniquer, surtout. Et il y a autre chose : Bolan était encore à Phoenix avant-hier. On le sait parce qu'il a tout bousillé là-bas.

— Et alors ? Il y a tout juste mille cinq cents kilomètres de Phoenix à Dallas. Il a pu parcourir ça en deux jours, en voiture, ou même prendre l'avion ! T'as beau essayer de trouver une faille, tu te gourres. Moi, j' l'ai vu ! Je sais qu'il est ici et, crois-moi, c'est pas possible de se tromper sur le mec. Quand il te regarde, c'est comme s'il te fouillait dans la tête, il est pire qu'un serpent... Maintenant, je veux qu'on appelle Nat. Si tu le fais pas, je me démerderai bien pour le voir et sois certain que je saurai lui raconter comment t'as pris la chose. Faut pas trop déconner, Sam. Si on ne réagit pas maintenant, on risque d'en prendre plein la gueule.

Banelli se racla la gorge pour éclaircir sa voix qui s'engluait sous l'effet de la colère. Puis il laissa tomber avec perfidie :

— Et c'est toi qui seras responsable de ce qui va arriver. T'es en liaison avec Nat, oui ou merde ?

— D'accord, accepta finalement Morton que tout sourire avait subitement quitté.

Il fit un signe à son garde du corps qui lui apporta un téléphone portatif, puis composa le numéro secret de Nat Tramunti. Il s'annonça dès qu'il l'eut en ligne :

— C'est Sam, patron. Excusez-moi de vous déranger, j'ai ici Geen qui prétend que nous avons un ennui à l'horizon. Il aurait vu un mec qui ressemble à Bolan... Oui, Bolan...

La voix du boss nasilla dans l'écouteur :

— Qu'est-ce que c'est que cette connerie ? C'est une blague ?

— Je voudrais bien, patron. Peut-être que Geen se trompe ou qu'il a eu affaire à un type qui lui veut pas que du bien, un mec qui voudrait se venger de lui, quoi... Mais ça pourrait aussi être sérieux.

Un silence passa sur la ligne. Il y eut ensuite un soupir ennuyé, puis :

— Il est beurré, ou quoi ?

— Si c'était le cas, je ne vous aurais pas dérangé, Nat. Je pense qu'il faudrait faire quelque chose...

— Ouais. Dis-lui de venir me voir et qu'il se magne, j'ai pas beaucoup de temps. En attendant, contacte les autres et dis-leur de renforcer les équipes de surveillance. On ne sait jamais.

Manifestement, le boss n'accordait qu'une cote de confiance très limitée aux affirmations de Genaro Banelli. Morton expédia à ce dernier un petit sourire qui se voulait amical et répondit :

— Entendu, patron, je vous l'envoie tout de suite. Je...

Sa phrase fut brutalement couverte par le fracas d'une explosion dans le parc. Les vitres tremblèrent. Une bouteille de whisky J&B posée au bord d'une table vacilla et tomba sur le sol de marbre où elle se fracassa.

— Nom de Dieu ! beugla Morton. Qu'est-ce que...

Son garde du corps avait déjà extrait de sa veste un Colt .45 qu'il braqua machinalement devant lui, les yeux décrivant un rapide mouvement de va-et-vient à la recherche d'une cible. Morton lâcha brusquement le téléphone qui se balança au bout de son fil, et bondit jusqu'à la fenêtre la plus proche. Il vit les deux soldats-jardiniers qui avaient subitement délaissé leur tâche domestique courir, l'arme au poing, vers l'endroit du parc d'où était venu le bruit de l'explosion.

Banelli, lui, était demeuré sur place, la bouche ouverte et les yeux hagards. Il s'aperçut à peine de l'irruption de deux costauds dans le salon. Eux aussi avaient dégainé des revolvers ; ils jetaient des regards interrogateurs à leur chef qui se retourna vers eux.

— Sortez sur le devant et restez en place. Ne laissez personne approcher !

Les deux molosses s'élancèrent vers la sortie tandis que Morton retournait rapidement au téléphone.

— Patron, je...

— Qu'est-ce qui se passe ? fit la voix inquiète du boss. On aurait dit...

— Je sais pas exactement, patron. Ça ressemble à une attaque !...

Il allait prononcer une autre phrase lorsque

deux coups de feu sans aucun doute tirés avec une arme de très gros calibre retentirent à peu de distance. Presque aussitôt, un rideau de fumée commença à envahir le parc sur le devant de la propriété. De grosses volutes jaunâtres se tordaient au ras du sol, s'élevant très vite jusqu'à la cime des arbres.

Un autre coup de feu claqua et Morton, revenu à la fenêtre, vit l'un de ses soldats pivoter sèchement puis s'effondrer à moins de dix mètres de lui.

Merde ! On tuait ses hommes. Sous ses yeux ! C'était incroyable. Il ouvrit un battant vitré, se tint prudemment à l'écart et cria :

— Arrivez par ici, putain ! Chuck ! Johnnie ! Mike ! Faites un barrage !

Il s'accroupit ensuite et se dirigea peu élégamment vers une commode dont il sortit un revolver .357. Pendant ce temps, Banelli était sorti de son hébétude et glapissait :

— C'est lui ! Le fumier ! J' t'avais bien dit que j' l'avais vu ! On va se faire crever comme des rats, merde !

— Ta gueule ! lui balança Morton en revenant prendre position à croupetons sur le côté de la fenêtre.

Au moment où il risquait un coup d'œil à l'extérieur, le crépitement d'une arme automatique se fit entendre et une nuée de frelons hargneux s'engouffra dans le salon, brisant des vitres et arrachant au passage des éclats à l'encadrement de la fenêtre. Banelli cessa subitement de glapir, ouvrit démesurément les yeux en portant une main à son épaule.

— Hé ! J' suis touché ! T'entends, Sam ? J' suis touché, j' te dis !...

L'autre lui envoya un regard méprisant avant de s'adresser à son garde du corps :

— Sors d'ici, Sweetty. Par-derrière. Fais le tour et prends-moi cette ordure à revers.

Le gorille objecta :

— Avec cette fumée merdique, on risque de se tirer dessus les uns les autres.

— Démerde-toi. C'est ton job. C'est pour ça que je te paye, non ?

Sweetty acquiesça et disparut par une porte latérale. D'un geste nerveux, Morton fit basculer le barillet du .357 pour en vérifier le chargement, donna un coup de poignet pour le remettre en place et se pencha avec précaution dans l'encadrement de la fenêtre, essayant d'apercevoir l'assaillant. Mais il n'y avait rien à voir. Le rideau de fumée avait englouti le beau parc, masquant complètement les arbres, la pelouse et le mur d'enceinte.

— Où il est, cet enfoiré ? grogna-t-il. Montre-toi, Bolan la Pute, arrive, que je te fasse bouffer tes couilles !

Lui aussi, à présent, il y croyait.

CHAPITRE III

Mack Bolan venait d'entrer en action. Il amorçait son premier blitz sur le territoire de Dallas. Il n'avait pas choisi par hasard la propriété de Morton-Morelli. Selon les indications de son ami Schwarz, Morton commandait à un grand nombre de soldats de la Mafia locale. En frappant son premier coup, il s'attaquait au talon d'Achille des *mobsters* texans et espérait par le fait démoraliser suffisamment la troupe pour entrer ensuite dans le jeu à sa façon. C'était donc par pur raisonnement psychologique qu'il avait opéré son choix.

Quelques minutes auparavant, pendant qu'il observait les abords de la propriété, il avait noté l'arrivée de Genaro Banelli, avec son gros pansement sur la joue. Il ne pouvait espérer mieux. Les événements s'imbriquaient avec aisance les uns dans les autres ; son coup d'envoi était suivi et procurait les résultats escomptés.

Il avait décidé de provoquer une diversion avant de lancer son attaque et déposé une charge de plastic sur le côté est du mur d'enceinte, avec un système à retard de soixante secondes. Puis il était retourné se dissimuler derrière les haies épaisses en bordure de l'allée qui desservait ce quartier résidentiel.

Il était armé de son légendaire AutoMag logé dans un étui de ceinture en cuir, et d'un fusil d'assaut S.I.G .223. Quatre grenades fumigènes et plusieurs chargeurs pour les deux armes étaient accrochés à son ceinturon militaire. Il avait laissé le Beretta silencieux dans la Porsche car, en cette occasion, il n'était pas question de réaliser une pénétration en douceur. Il recherchait au contraire l'effet psychologique de l'attaque en force, violente et rapide.

Lorsque la charge explosive volatilisa une partie du mur, il compta mentalement dix secondes supplémentaires avant de bouger et il vit passer dans son champ visuel deux hommes qui s'acheminaient au pas de course vers le lieu de la déflagration. Le garde posté à l'entrée avait lui aussi parcouru une quinzaine de mètres dans cette direction et cherchait à voir ce qui se passait.

Alors, il dégoupilla coup sur coup deux grenades fumigènes et les projeta devant la façade de la villa où elles commencèrent à répandre vivement leurs volutes opaques. Puis il s'élança. Le garde le plus proche l'aperçut alors qu'il franchissait la grille d'entrée et plongea la main sous sa veste à la recherche de son arme. Sans interrompre son escalade, Bolan fit tonner par deux fois l'AutoMag, et deux grosses balles brûlantes de .44 rejetèrent le type en arrière. La première l'atteignit à la gorge, l'autre en pleine tête d'où elle ressortit par l'arrière du crâne dans un vomissement de matière cervicale et d'os arrachés.

L'Exécuteur se laissa tomber souplement sur la pelouse, accomplit quelques foulées rapides et se laissa tomber au sol en apercevant un second porte-flingue en train de courir dans sa direction le long de la façade. Il fit aboyer l'AutoMag et vit le type exécuter un pas de danse insolite avant de s'effondrer, face contre terre. Ensuite, il entendit des braillements en provenance de la maison. Quelqu'un appelait des hommes à la rescousse.

Une nouvelle progression amena Bolan dans un axe perpendiculaire à la façade dont une fenêtre venait de s'ouvrir lentement. Depuis sa position, à la lisière du rideau de fumée, il aperçut un visage blême qui s'était profilé un instant dans l'encadrement. Faisant glisser le S.I.G. de son épaule, il expédia par l'ouverture une giclée de balles de .223 qui ménagèrent tout de suite après un temps de silence total.

Poussé par une faible brise, le rideau de fumigène commença à le rejoindre et ce fut à cet instant que deux types surgirent par la porte principale, en même temps, épaule contre épaule. Bolan eut un froid sourire en enregistrant la stupidité des deux tueurs et pressa doucement la détente du fusil d'assaut. Une rafale crépitante les cisailla en travers de la poitrine, les projetant contre la façade dans un multiple éclaboussement de sang. Puis l'Exécuteur se laissa absorber par la fumée et se releva. Combien y en avait-il d'autre ? songea-t-il. Il en avait aperçu trois dans le parc, y compris le garde à l'entrée. Il devait en rester encore un ou deux, sans compter Morelli et l'homme à l'oreille coupée...

Se déplaçant silencieusement dans le nuage opaque, il compta trente pas et sut qu'il était arrivé approximativement en face de l'angle est de la villa. Quelques secondes d'attente, immobile, lui permirent de percevoir un bruit de course précipitée. De nouveau, des appels retentirent depuis la maison, et le martèlement de pas s'amplifia. Deux bonds sur le côté le firent jaillir hors de la zone enfumée, à temps pour voir un type qui pivotait lentement sur lui-même, un automatique tenu à bout de bras et cherchant à distinguer quelque chose à travers le brouillard artificiel. Bolan le fit tourner un peu plus vite en lui déléguant une giclée de petites ogives grondantes et sifflantes qui s'enfoncèrent dans sa chair. Puis un coup de feu tonna sur sa droite. Il ressentit instantanément une brûlure à l'épaule et se rejeta en arrière dans la fumée. En accomplissant son mouvement de retrait, il avait eu le temps de visualiser l'image de l'homme trapu qui le canardait, un revolver à la hanche, le corps bien en appui sur ses jambes légèrement écartées. Pas un tireur d'opérette, celui-là, mais certainement un vrai professionnel de l'assassinat.

Bolan accomplit une dizaine de foulées rapides sur la pelouse, silencieusement, tel un fauve contournant sa proie pour mieux la surprendre. Il évoluait sans aucune visibilité, mais la topographie des lieux était imprimée dans sa mémoire, il en avait évalué les distances au mètre près et calculé par avance diverses possibilités de cheminement d'attaque et de repli. Aussi fut-il certain d'avoir abouti au bon endroit quand il jaillit du nuage de fumigène, son fusil d'assaut prêt à cracher la mort. Il se trouvait en effet à peu de distance du pignon ouest de la villa, là où il avait estimé pouvoir prendre son adversaire à revers. Mais le gros type trapu avait disparu. Sans doute s'était-il lui aussi laissé absorber par la fumée de camouflage et avait-il opté pour une action similaire à celle de l'Exécuteur. Décidément, cette armoire à glace n'avait rien d'un amateur. Peut-être était-il un ancien Marine formé dans les jungles du sud-est asiatique. En tout cas, sa réaction rapide le laissait présumer. Mais Bolan, lui non plus, n'avait rien d'un néophyte. A ce petit jeu, il pouvait rendre des points à n'importe quel vétéran de la guérilla. Aussi décida-t-il de changer radicalement de tactique. Se rejetant en arrière, il lança aussi loin qu'il put une nouvelle grenade vers le côté opposé de la maison, puis s'élança droit devant lui pour venir se plaquer contre la façade. Il n'eut pas longtemps à attendre. Le tueur apparut d'un coup, sorte de tronc massif arc-bouté sur de courtes racines et tendant son revolver au bout de ses bras qui prenaient l'aspect de deux grosses branches noueuses. Il braquait son arme vers le point où avait éclaté la grenade fumigène dans une petite déflagration sourde. Une réaction instinctive assez stupide et qui lui coûta la vie. A l'instant où Bolan pointait le canon du S.I.G. sur sa cible, le mafioso dut cependant avoir la notion du péril immédiat et se retourna d'un bloc, son revolver rigoureusement solidaire du mouvement de rotation. Mais, pour lui, il était déjà trop tard. Le fusil d'assaut crépita entre les mains de l'Exécuteur, libérant une courte giclée d'ogives rageuses qui vinrent toutes se grouper dans la poitrine du gorille. Dans un ultime réflexe d'agonie, le revolver cracha une balle qui ricocha contre la façade, à plus de trois mètres de Bolan. Celui-ci n'attendit pas de voir la chute de sa victime. Contournant la maison au pas de course tout en insérant sous le boîtier de culasse un chargeur neuf, il atteignit bientôt une porte secondaire entrouverte que le truand avait vraisemblablement empruntée pour sortir. Sans hésitation, il utilisa le passage, se retrouva dans un petit vestibule prolongé par un couloir. Au bout du passage, prêt à faire feu au moindre mouvement, Bolan eut à choisir entre deux portes fermées. Il n'eut pas à se poser la question de savoir quelle était la bonne ; une voix nerveuse cracha :

— Sweetty ! Qu'est-ce que tu fous, merde ?

Dans la pièce, quelqu'un d'autre coassa d'un ton geignard :

— Faut pas rester ici, Sam ! Le fumier a p't'être bousillé tous tes hommes... Barrons-nous, je te dis.

— Ta gueule ! répliqua violemment la première voix. Casse-toi si tu veux, va chier ailleurs !

— On n'entend plus rien !... Si ça se trouve, il essaye d'entrer dans la baraque. Et j' suis blessé !

— J' te dis merde, pauvre con.

Puis :

— Sweetty, bordel! Rapplique et couvre-nous, on va tenter une sortie.

Bolan décida que le moment était venu d'interrompre les braillements. Il se lança de tout son poids sur la porte qui s'arracha de son chambranle et claqua brutalement contre le mur. La scène lui apparut en un éclair : Genaro Banelli se tenait appuyé contre la cloison opposée, se comprimant l'épaule d'une main, le faciès grimaçant, tandis que Sam Morton occupait une position accroupie à côté d'une fenêtre. Après un court instant de stupeur, il fit un bond pour tenter de se projeter sur le côté, tout en pointant son arme sur l'intrus. Le museau du S.I.G. décrivit un rapide arc de cercle, comme s'il avait été aimanté par le corps de Morton, et largua une courte rafale. La poitrine lacérée, des impacts sanglants maculant sa veste, le *soto-capo* fut pris par une convulsion brêve et retomba au sol, à l'état de cadavre.

Banelli n'avait pas bougé d'un centimètre. Pour la seconde fois de la matinée, il fixait Bolan d'un œil hagard, incrédule. Sa lèvre inférieure trembla quand il vit le fusil d'assaut pivoter vers lui.

— Je... je suis pas armé, prononça-t-il difficilement. Et je suis blessé, Bolan. Vous voyez...

Il baissa les yeux vers son bras ensanglanté, ajouta :

— J'ai fait ce que vous vouliez, j'ai passé votre message.

Lorsque son regard croisa de nouveau celui de l'Exécuteur, il frémit et avala douloureusement sa salive.

— Je vais te permettre de mourir à peu près proprement, fit Bolan, doucement. Prends le flingue de ton copain.

Banelli n'avait plus sa place dans le plan envisagé par Bolan. C'était un pion trop dangereux de par le fait qu'il avait eu tout loisir de graver ses traits dans sa mémoire. Il convenait donc de l'éliminer. Cependant, l'Exécuteur répugnait à tuer un ennemi désarmé, même si celui-ci faisait partie de la pire des racailles. Le mafioso se releva légèrement après avoir regardé l'arme tombée au sol.

— On dit que vous ne tirez pas sur un mec blessé, protesta-t-il.

— Est-ce que tu as déjà fait ce genre de cadeau, Geen ? Le simple fait que tu vives est une insulte à la société normale. Prends ce flingue et sers-t'en.

— Attendez ! On peut s'entendre.

— Tu n'as plus rien à me dire. Magne-toi d'attraper ce calibre, ou tu vas crever comme tu as toujours vécu. Comme un lâche et une ordure.

Le cerveau de Banelli était en ébullition. Il cherchait désespérément un moyen de se sauver par une pirouette de la situation dans laquelle le tenait le grand salaud. Mais il avait beau chercher, il ne trouvait pas. Pire, il savait pertinemment qu'il allait devoir prendre le revolver et s'en servir. Il pensa fugitivement qu'il pouvait s'en sortir par la ruse. Après tout, Bolan le prenait pour un lâche... C'était une carte à jouer à la surprise. La seule, en tout cas. S'accompagnant d'une grimace forcée de souffrance, il se redressa et avança tout doucement vers le corps de Morton. Ça pouvait marcher, ouais. En sachant bien doser les effets et en donnant suffisamment à Mack Bolan l'Ordure l'impression qu'il était terrorisé. En réalité, Banelli pétait de trouille par tous les pores de sa peau ; il était conscient de son état, mais aussi il se disait qu'il pouvait profiter de la situation, donner l'image parfaite du type incapable d'aller jusqu'au bout de ses actes. Après, eh bien... Après tout, Banelli s'était bien défendu dans les sales coups, des années auparavant. Il n'allait quand même pas se laisser crever ignoblement par cette grande salope en combinaison noire.

Il gémit en accentuant sa grimace, respira par petits coups et se laissa glisser à genoux, à portée de main du revolver.

— Je peux pas, Bolan... J'aurais même pas la force de soulever ce calibre.

Il entendait, à moins de deux mètres de lui, le

combiné du téléphone qui grésillait des mots incompréhensibles. Tramunti s'égosillait.

— Je peux pas, répéta-t-il. C'est trop...

Il avait complètement oublié la douleur de son épaule gauche, tout entier préoccupé par la manière dont il allait sauver sa peau. Il en était à présent sûr, il était parvenu à donner le change. Et le sale con qui le fixait toujours avec son regard de glace tomberait dans le panneau. Une nouvelle respiration saccadée, un ploiement du buste pour bien montrer à quel point il n'en pouvait plus. Surtout, ne pas regarder le fumier qui aurait pu déceler dans ses yeux un quelconque signe d'alerte. Et soudainement, le bras valide de Banelli se détendit. A une vitesse surprenante, sa main se referma sur la crosse et son index commença à se crisper sur la détente. Dans le même temps, il s'était effacé de côté pour se préparer à rouler sur le sol afin d'échapper au tir du fusil d'assaut.

Crève ! pensa-t-il en appuyant complètement sur la détente, le canon du .357 pointé en direction de l'ombre sinistre.

Il perçut son propre coup de feu, immédiatement noyé dans le staccato du S.I.G. qui crachota un essaim meurtrier. Banelli eut l'impression qu'il venait d'exploser à l'intérieur, que sa poitrine n'existait plus et que ses tripes flottaient autour de lui comme des rubans. La vision déjà trouble, il fit un effort démesuré pour regarder son assassin en face. Où était passé cette saloperie de flingue ? Il ne le sentait plus dans sa main.

— J' t'ai touché, hein, Bolan ? marmonna-t-il dans un petit éclaboussement de sang qui lui sortait de la bouche.

— T'as rien touché du tout, renvoya Bolan. Mais tu pars à peu près proprement, si on peut dire.

— J' t'emmerde, connard ! Je sais bien que j' t'ai eu.

— Négatif.

— J' te vomis. J' te pisse à...

Bolan stoppa le chapelet d'insultes d'une seule balle de .223 qui pénétra entre les deux yeux du mafioso et lui cloua la tête contre le sol.

Selon toute évidence, il n'y avait plus personne dans la villa, ni d'ailleurs dans le parc. Un coup d'œil à sa montre-chrono lui apprit qu'il ne s'était écoulé que cent trente secondes depuis le début de son attaque. Il avait encore un peu de temps devant lui.

Il s'approcha du combiné téléphonique toujours suspendu à son fil et le porta à son oreille. Un bruit de respiration filtra dans l'écouteur, puis :

— Sam ! Bordel, réponds !

— C'est fini, annonça calmement l'Exécuteur.

— Comment, c'est fini ? Qu'est-ce qui s'est passé ?

— Je viens de te dire que tout est terminé. C'est toi, Nat ?

Un brusque silence s'installa sur la ligne. Bolan n'entendait plus que la respiration de l'autre, dont le rythme s'accélérait.

— Qui est-ce qui parle ? fit enfin Tramunti.

— Bolan.

Nouveau silence avant une relance, d'une voix altérée :

— Qu'est-ce que t'as fait à mes gars, Bolan ?

— Je les ai liquidés. Tous.

— Enfant de salope ! Je... Mais qu'est-ce que t'es venu foutre ici ?

La dernière phrase avait été hurlée. Bolan éloigna le combiné de son oreille, émit un petit rire grinçant et répliqua :

— Je suis venu casser ta cabane, Nat. Je vais te tuer toi aussi, et tous les chiens enragés qui marchent avec toi.

— T'es dingue ! explosa le *capo*. Y a rien qui peut t'intéresser dans le coin, on marche pas dans la merde, par ici.

— C'est ce que quelqu'un m'a déjà dit. Mais je suis venu voir de près. Et ça pue salement de ton côté.

— Vraiment, hein ?

— Ouais. Maintenant, je sais ce que tu magouilles.

— Mon cul ! Tu sais rien du tout.

— Crois ce que tu veux, Nat. A bientôt.

— Attends !

— Oui ?

— Heu... Est-ce qu'on peut discuter ? Toi et moi.

— Pas question.

— T'as la trouille ?

— Je n'ai pas envie de discuter avec un paquet de merde. Dis au revoir à tes couilles et prépare-toi pour le grand saut.

Un grognement rageur claqua dans l'appareil.

— J' te pisse à la raie ! T'entends, enfoiré ?

— Ça aussi, quelqu'un me l'a déjà dit. C'est pas nouveau.

— Tu peux t'amener, Bolan ! C'est moi qui vais te faire bouffer tes couilles !

— Décidément, toi et tes *amici*, vous manquez d'originalité. *Ciao*.

Bolan raccrocha avec un sourire amusé sur les lèvres. Tramunti écumait et c'était très bon. Il lui avait parlé avec le vocabulaire propre à la pègre. Le *capo* avait parfaitement capté et enregistré la signification du dialogue. C'était une guerre ouverte en perspective, avec gros mouvement de troupes, abandon des points faibles et consolidation des édifices importants. Ce qui correspondait au mieux aux projets de Bolan. Et l'information recueillie un peu plus tôt auprès de Phil Necker, à New York, allait peut-être s'avérer déterminante dans la prochaine action de l'Exécuteur.

Il quitta sans précipitation la villa transformée en charnier, s'achemina vers l'allée d'accès que la fumée avait envahie, poussée par la brise, et rejoignit la Porsche.

Jusqu'à présent, les cartes étaient bien distribuées pour lui. Mais il allait devoir jouer extrêmement serré car, il le savait, il n'existait dans le jeu aucun joker susceptible de le rattraper en cas de faux pas. Et, dans très peu de temps, sa position serait celle d'un équilibriste évoluant sur une corde aussi mince que le fil d'un rasoir. Sans aucun filet en dessous.

CHAPITRE IV

— Je ne peux pas croire ça. Ça paraît complètement extravagant et en désaccord total avec ce que nous savons de la situation. C'est pas vrai, Nat !

L'homme qui venait de parler, d'égal à égal, avec Nat Tramunti avait des cheveux grisonnants et l'aspect extérieur d'un homme d'affaires ayant particulièrement bien réussi. Il paraissait à peine cinquante ans, mais il en avait en réalité plus de soixante. Il faut préciser que la vie facile qu'il avait menée jusqu'alors, malgré ses affirmations sur les énormes difficultés de ses activités professionnelles, l'avait toujours tenu à l'abri des ravages du vieillissement. De taille assez élevée et de belle prestance dans son costume bleu marine à quatre cents dollars, il donnait une impression d'intelligence et de force tranquille. Il souriait fréquemment, surtout en public, et quiconque le voyait pour la première fois ne pouvait s'empêcher de ressentir en sa présence un sentiment d'honnêteté et de bienveillance.

Il se nommait Marcus Weissbaum et s'était vendu corps et âme à la Mafia, non par affinité psychologique, puisqu'il était Juif, mais afin d'en retirer les immenses profits que cette association lui permettait. Malgré son apparence d'honorabilité, c'était l'un des êtres les plus abjects qui soient, un traître à l'idéal d'un peuple courageux et admirable qui avait su bâtir une nation respectée par le monde occidental malgré les persécutions dont il avait été victime. Weissbaum, lui, n'avait rien d'une victime malgré ses origines. Il avait accumulé une imposante fortune personnelle en se repaissant du sang des autres. Certes, il n'avait jamais participé à des actes physiques répréhensibles et n'avait jamais tenu une arme dans ses mains. Il n'en était pourtant pas moins coupable. Tous ses crimes s'étaient accomplis par personnes interposées, par l'intermédiaire de la Mafia dont il se plaisait à dire qu'elle était le bras séculier et lui-même le cerveau. Et la liste de ses exactions était longue, très longue. Il était de fait que cette symbiose sordide constituait une redoutable association de malfaiteurs tout-puissants sagement dissimulée sous le couvert de la respectabilité et de l'honorabilité. Weissbaum apportait ses relations d'affaires, ses contacts à haut niveau, ses capacités et connaissances dans le domaine du grand *business ;* la Mafia fournissait les exécutants, les tueurs, les moyens techniques.

Marcus Weissbaum était financier avant tout. Ce qui veut dire qu'il se servait d'argent ne lui appartenant pas pour monter des opérations de toutes natures dans n'importe quel domaine à partir de l'instant où il entrevoyait une possibilité de gros gains à court terme : immobilier, bourse, tourisme, élevage, industrie...

Si ses activités professionnelles s'étaient limitées à ce genre d'opérations, il ne lui aurait été nullement utile de s'acoquiner avec les *amici.* Mais voilà, sa soif inextinguible d'argent et de puissance l'avait très vite conduit à multiplier ses profits de façon particulièrement illégale mais néanmoins improuvable. Les méthodes invariablement employées s'appelaient : coercition, chantage, trafic d'influence, corruption et détournements de biens. L'une de ses grandes qualités était de toujours pouvoir s'arranger avec sa conscience et, lorsque l'utilité s'en faisait sentir, il n'hésitait pas un infime instant à ruiner ceux qui étaient en affaires avec lui, à les mener au suicide ou, plus communément, à les faire assassiner.

L'une de ses dernières victimes s'était vu dépouiller en un temps record d'une entreprise commerciale à laquelle il avait consacré toute sa vie et qui s'était trouvée passagèrement en légère difficulté financière. Toujours à l'affût de ce genre de situation, Weissbaum lui avait proposé un prêt pour renflouer la société. Evidemment, une clause apparemment innocente du contrat faisait intervenir une hypothèque sur la société et les murs qui l'abritaient. Les termes en étaient si bien tournés que l'emprunteur n'accorda pas suffisamment d'attention au danger encouru, trop heureux qu'il était à la perspective de sauver la situation. Moins d'une semaine après le débloquage des fonds, l'entreprise commença à battre de l'aile, les approvisionnements n'arrivaient plus, les stocks disparaissaient de manière mystérieuse et bon nombre d'employés quittaient leur travail sous des raisons diverses : maladie, accident, ou même sans raison aucune. Et Weissbaum, presque du jour au lendemain, devint propriétaire de quatre-vingts pour cent de la société emprunteuse qui, bien évidemment, retrouva rapidement son essort et un confortable chiffre d'affaires. La Mafia s'était occultement chargée de faire avorter le commerce et la clause savante et finement déguisée avait joué.

Quant à l'ex-propriétaire, lorsqu'il prit enfin conscience de la spoliation dont il avait fait les frais, il se rendit auprès de Weissbaum et une discussion très orageuse éclata dans son bureau. Outré et au bord de l'effondrement psychologique, il commit la maladresse de proférer des menaces verbales mettant directement en cause la sécurité du financier. Celui-ci se contenta de lui répondre avec bienveillance, allant même jusqu'à lui proposer un nouveau prêt pour le relancer, puis de l'éconduire. Mais il le fit étroitement surveiller par Nat Tramunti.

Cinq jours plus tard, des policiers retrouvèrent l'homme, ou plutôt son cadavre, à la périphérie de Las Vegas — pas la capitale du jeu au Nevada, seulement une ville de très moyenne importance du Nouveau-Mexique, l'Etat voisin du Texas. Apparemment, le défunt avait joué gros dans un tripot clandestin. Il avait tout perdu et s'était tiré une balle dans la tête.

Tel était officieusement et très confidentiellement Marcus Weissbaum. Une ordure patentée. Une bête malfaisante.

Officiellement, pourtant, c'était un notable et un homme riche. Un personnage très en vue à Dallas et dans de nombreuses autres cités du Texas.

Weissbaum, en l'instant, affichait un air perplexe et considérait Tramunti avec une lueur de doute — pour ne pas dire de méfiance — dans le regard.

Il haussa les épaules et demanda :

— Qu'est-ce qui te fait croire que tout ça

n'est pas qu'un coup de bluff monté par un salaud ?

Le gros visage carré de Tramunti se ferma, ses mâchoires se contractèrent. Visiblement, il s'efforçait de ne pas laisser éclater sa colère.

— Je l'ai entendu au téléphone, Mark. Et un de mes lieutenants l'a vu. Ce n'est pas un coup de bluff. C'était bien lui.

— Ouais ! Toi, tu l'as entendu, quelqu'un l'a vu, soi-disant... Pour moi, ce n'est pas une preuve. N'importe quel endoffé pourrait se faire passer pour Bolan et ensuite disparaître tranquillement. T'as pas pensé à ça, Nat ?

Le regard du *capo* se posa durement sur le visage de l'homme d'affaires véreux.

— Ne parle pas comme ça ! Tu n'as pas le droit de dire que je raconte des salades, hein ! Il y a six de mes petits gars qui sont morts et ça ne s'est pas fait tout seul. Un seul mec est capable de liquider des soldats bien entraînés en quelques secondes et de se casser après comme si ça n'était qu'une rigolade pour lui : Bolan... T'entends ? Et quand j'ai entendu sa voix au téléphone, ça a été une confirmation. Mon instinct ne peut pas se tromper, Mark. C'était bien lui.

— Bon. Admettons, concilia Weissbaum. Ça ne veut pas dire qu'il faut paniquer pour autant.

Tramunti claqua des doigts vers un garde du

corps qui se tenait debout près de la porte du salon. L'homme s'approcha d'un coffret en argent qu'il ouvrit et présenta à son chef. Celui-ci y piocha un cigare dont il coupa l'extrémité, le porta à ses lèvres minces et se fit donner du feu par le porte-flingue. Cela faisait partie d'un vieux rituel que le *capo* avait réinstauré parmi ses hommes. Il tenait à ce genre de cérémonial qui, bien que désuet, favorisait à ses yeux la discipline et consolidait le respect. Une coutume issue de la grande époque des Capone, des Lucky Luciano et des Carmine Galente. Bien qu'encore trop jeune en ces temps-là pour avoir côtoyé les Matadors du Milieu et s'être mêlé à leurs activités, il avait d'eux une image impérissable à laquelle il s'accrochait avec force. Tramunti lui-même, d'ailleurs, faisait partie d'une importante lignée de mafiosi et considérait que le Texas n'était que le point de départ d'un empire qu'il avait décidé d'étendre à tout le pays. Il en avait le courage, les possibilités intellectuelles et les moyens. Son père n'avait-il pas été, à une époque pas si lointaine que cela, le *Capo di tutti capi*, le chef entre tous les chefs ?

Il tira une grosse bouffée de son cigare, envoya doucement la fumée vers le plafond et reporta son attention sur son interlocuteur.

— Il n'est pas question de paniquer, affirma-t-il posément. Mais on ne doit pas non plus considérer cette menace à la légère. Bolan est une véritable malédiction, partout où il passe, il anéantit nos affaires et tue nos amis. Crois-tu un instant qu'il est venu à Dallas pour tirer son coup et se barrer en sifflant ? Il a débarqué ici dans l'intention de tout bousiller. Il me l'a clairement dit et sois certain qu'on peut le croire. Il n'a rien d'un rigolo.

— C'est un psychopathe, assura Weissbaum. On devrait pouvoir trouver un moyen pour le manipuler, ou tout au moins le faire basculer de notre côté. Jusqu'ici, personne n'a encore réfléchi à ça. Si tant est que...

— Mon cul ! grasseya Tramunti dans un ricanement entendu. Continue de croire à ça et tu te retrouveras bientôt avec un bâton de dynamite entre les fesses. Et ce sera lui qui te l'aura mis après que tu auras essayé de le convaincre de se défroquer. Non... Ce serait sans doute possible avec n'importe quel autre mec. Mais pas avec lui. Parce qu'il nous en veut à mort, à tous. Mais c'est pas du tout un psychopathe. C'est un fumier intelligent et vachement efficace, capable de t'égorger aussi tranquillement que toi tu pourrais écraser une punaise. Tous ceux qui ont eu plus ou moins affaire à lui prétendent qu'il est aussi froid et venimeux qu'un serpent du désert. Moi, il ne m'a jamais approché, mais je sais que c'est vrai. Tu ne trouveras pas un de nos hommes qui ne soit mort de trouille rien qu'à entendre prononcer son nom. Et il le sait, l'enfoiré, il en profite. Il a tout fait pour devenir une espèce de légende.

— Raison de plus pour ne pas perdre les pédales, fit Weissbaum dont le beau visage s'était quelque peu tendu pendant la longue tirade de Tramunti.

Sa pomme d'Adam monta et descendit. Il toussota dans son poing, ajoutant :

— Il serait peut-être bon de ne pas trop répandre le bruit...

— C'est aussi mon avis. On ne doit plus entendre parler de ce qui vient de se passer. Je vais envoyer au vert les trois petits gars qui sont allés aux nouvelles chez Morton. Ensuite, je vais regrouper un maximum d'effectifs et tout le monde se tiendra prêt à étouffer une merde si elle se produisait.

— Fais gaffe, Nat, c'est peut-être ce qu'attend Bolan.

— Ouais ! Je sais. C'est pas pour rien qu'il a envoyé son putain de message. C'est un vieux truc psychologique, il voudrait bien que je lance des équipes d'hommes après lui pour pouvoir les bousiller séparément. Mais je ne vais pas faire la connerie de diviser nos forces. Et il n'est pas question de contre-attaquer, ce serait une gaffe énorme. On va rester sur la défensive, mais en position de force.

— Dangereux, objecta Weissbaum. Une

concentration de notre part pourrait signifier une cible pour lui.

— Exactement. C'est du moins ce que je veux lui faire croire. Alors, qu'il s'amène, l'ordure ! Ce sera comme s'il fonçait tête baissée sur un mur en béton. On a tout ce qu'il faut pour lui résister et lui casser définitivement les reins. Ça, c'est ce qu'on va faire, nous. La contre-attaque viendra d'un autre côté...

Tramunti se renversa sur son fauteuil, mit un pied sur son bureau et téta avec application son cigare, dans l'attente de la réaction de Weissbaum. Celui-ci inclina plusieurs fois la tête en signe de compréhension.

— Les flics ! Tu vas les faire courir après Bolan...

— Pourquoi crois-tu que je les paye si cher ?

— Bon. Ça me paraît valable.

— Ce connard va être pris entre deux feux. Il arrivera avec ses gros sabots merdeux dans notre direction, sans se rendre compte que les flics seront déjà collés dans son dos.

Weissbaum alluma une cigarette, prit le temps d'une réflexion.

— Faudrait pas que quelque chose coince d'un côté ou d'un autre, avança-t-il. Tes amis de la côte Est pourraient essayer de s'en servir à leur profit. Dis, heu... quand doit débarquer ce type de Manhattan ?

— Normalement, il est déjà ici, en ville. J'attends un coup de fil.

— Emmerdant. Tu ne peux pas décommander ?

— Ce serait leur laisser renifler quelque chose de pas catholique. Non, je vais m'occuper personnellement de ce gus, faire en sorte qu'il se sente suffisamment bien pour ne pas s'apercevoir qu'on est en état d'alerte.

— O.K., acquiesça le financier marron. Si tu as besoin de moi, appelle-moi à mon bureau.

— Pas question, Mark. Tu vas rester ici.

— Quoi ? Mais je...

— Tu restes ici tant que la Grande Pute est dans les murs de cette cité. C'est une question de sécurité, tu comprends ? Imagine un instant qu'il te rende une petite visite, histoire de s'amuser un peu avec toi, hein ? J'ai vraiment pas envie que ça t'arrive.

Tramunti avait fait passer un maximum de vibrations amicales dans ses dernières paroles. Les traits brusquement tendus, Weissbaum lui envoya une grimace de compréhension et répliqua :

— D'accord, Nat. J'avais pas vraiment vu les choses de cette façon et je te remercie. Ça fait toujours plaisir de savoir qu'on peut compter sur les amis.

— Tu peux pas en douter. Dans des circonstances comme celle-ci on doit tous se serrer les coudes et s'aider mutuellement.

En réalité, s'il n'avait pas été en affaires avec Weissbaum, Nat se serait pas mal foutu que Bolan lui expédie quelques grammes de plomb dans la carcasse ou qu'il lui passe une corde à piano autour du cou. Il n'aimait pas spécialement cet associé, qui se donnait des airs de play-boy malgré ses soixante-deux ans et sautait les putains de Ronnie. Pire : Marcus Weissbaum représentait tout ce que Tramunti exécrait. C'était un mec sans mérite, sans aucune qualité de « travailleur », qui n'était parvenu à sa florissante situation que grâce à l'aide de la Famille sans laquelle il ne serait toujours qu'un sale petit con de Youpin dans un bureau miteux. Lui, Natale Tramunti, était arrivé à sa position de chef avec ses mains et son cerveau. Il avait dû travailler très dur, lutter contre ses rivaux, éliminer les foireux et se faire respecter. Il avait toujours suivi les règles de la Famille, l'Omerta, contrairement à ce mec jouisseur qui se vautrait dans la richesse en se prenant pour un caïd du *business*.

Mais Tramunti avait besoin de Weissbaum. Ils avaient conçu ensemble une symbiose qui portait ses fruits et il n'était évidemment pas question de casser quoi que ce fût pour de simples ressentiments. La machine à pognon tournait à plein régime. Le Grand Projet prenait consistance — l'aboutissement en était même très proche — et il fallait continuer la tâche.

— Veux-tu que j'interrompe temporairement les affaires en cours ? fit le financier dévoyé. Ce serait plus prudent de donner quelques coups de fil...

— Ce sera pas utile. Cette alerte à la con ne devrait pas durer bien longtemps. Et puis, on ne va pas donner l'éveil à qui que ce soit. Alors, je te dis : bouge pas, Mark. T'as une piaule pour toi dans la maison, et si tu veux je te fais venir une fille. O.K. ?

Une lueur s'alluma dans le regard de Weisbaum. Il se leva de son fauteuil et se dirigea vers la porte en donnant au passage une petite tape qui se voulait amicale sur l'épaule du *capo*.

— Tout est O.K., Nat. T'inquiète pas, j'ai pigé la situation. Et c'est sympa de pouvoir compter sur un type comme toi. Vachement sympa.

Va te faire foutre ! pensa Tramunti qui dissimula son regard sous ses paupières. Il ne croyait absolument pas à la reconnaissance du « sale petit con de Youpin » obséquieux et menteur. Mais tant qu'il lui servait dans l'accomplissement du Projet, il ne pouvait que lui témoigner un maximum d'égards. Aussi lui adressa-t-il un clin d'œil de connivence avant qu'il quitte le salon, ajoutant :

— Je te fais venir une nana, Mark. Tâche d'être en forme et remue pas des pensées merdiques, ça fait débander !

L'autre ricana en passant près du garde du corps et disparut. Aussitôt, Tramunti empoigna l'un des quatre téléphones placés devant lui et commença à s'affairer.

Il allait rameuter ses hommes de confiance. Deux d'entre eux étaient déjà sur place avec leurs soldats. Les autres allaient survenir dans les plus brefs délais. Il étouffa un accès de rage en pensant que deux de ses *soto-capi* ne seraient pas au rendez-vous : Sam et Genaro. La Grande Ordure les avait tués sans leur laisser la moindre chance. Mais il se dit aussi que cela faisait partie du « travail ». Et dans ce genre de travail, il y avait toujours une part de risque. On ne pouvait pas tout avoir en éliminant systématiquement la casse, bon Dieu !

Et puis, il fallait prévenir la flicaille, dire à ces gus que le moment était venu de justifier les enveloppes qu'ils palpaient régulièrement tout en se branlant les couilles dans leurs bureaux ou les voitures de patrouille dont beaucoup étaient payées avec l'argent distribué par la Famille.

Mais aussi, il fallait que la machine continue

de tourner, qu'elle produise toujours, encore et encore.

Et, bon Dieu, ce ne serait certainement pas cet enfoiré de Bolan qui pourrait l'en empêcher !

CHAPITRE V

La blessure de Bolan n'était que superficielle. La balle de gros calibre avait emporté un morceau de peau sur quelques centimètres mais sans occasionner de lésion musculaire. Il s'était arrangé un pansement sommaire, après avoir ôté sa combinaison de combat ; puis il avait enfilé un costume coûteux en alpaga noir, chaussé des lunettes de grande marque à verres légèrement teintés, et modifié quelque peu son visage en se coiffant différemment et en s'appliquant une fausse moustache qui lui donnait une allure très latine. Un bref regard dans le rétroviseur lui confirma que sa nouvelle image était suffisamment solide pour tenir un certain temps.

Il avait relancé la Porsche vers le centre-ville et, à présent, s'acheminait dans le hall du luxueux *Ramada Inn,* souhaitant de toutes ses forces qu'il ne fût pas trop tard pour réaliser la jonction avec l'émissaire de la *Commissione.*

Phil Necker lui avait indiqué l'hôtel dans lequel l'homme devait descendre à Dallas, y compris le numéro de sa chambre louée d'avance depuis Manhattan. Ce genre de procédure était coutumier chez les *amici* qui entendaient, à tout moment et en quelque lieu que ce fût, se ménager la possibilité de joindre leurs envoyés spéciaux. Et celui-ci était manifestement un envoyé très spécial, nanti de pouvoirs étendus sur le territoire texan. Ce n'était pas un As Noir, comme ceux que le Grand Conseil expédiait parfois pour rétablir l'ordre rompu dans une Famille, éliminer un *amici* devenu par trop ambitieux et dangereux pour l'Assemblée des Chefs, ou afin de prendre en main une affaire mal enclenchée. Non, l'homme en question ne correspondait pas au profil des As Noirs, cette pseudo-milice aux méthodes expéditives et très comparables à celles de la Gestapo. C'était plutôt une sorte d'ambassadeur et de contrôleur tout à la fois.

Lorsqu'il avait entamé la mise en pratique de son Grand Projet, Nat Tramunti, indépendamment du fait qu'il s'était assuré le concours de hautes instances locales, n'avait pu éviter de demander l'accord du Conseil des Chefs dont il était lui-même un représentant. La *Commissione* avait rapidement donné sa bénédiction souveraine et son soutien matériel pour le démarrage et les prolongements futurs de la vaste entreprise. Mais il allait de soi qu'elle se réservait le droit de contrôler périodiquement l'avancement des « travaux » et la bonne marche des affaires, de la même façon que cela aurait pu s'opérer pour une filiale d'une honnête entreprise capitaliste. Chaque mois, donc, un émissaire venait contrôler les opérations texanes, restant de deux à trois jours sur place. C'était toujours un « polyvalent ». Par là, il faut entendre que l'homme était apte à intervenir aussi bien dans la gestion ou les problèmes d'implantation de marchés que dans les éventuelles divergences de vue et les conflits d'intérêt susceptibles de se produire entre les associés. C'était un « spécialiste » de formation universitaire mais auquel on avait également enseigné les méthodes beaucoup plus terre-à-terre des règlements de comptes et des éliminations discrètes. En somme, il représentait beaucoup plus qu'un As Noir.

Il était par ailleur convenu, par sécurité — et surtout par une méfiance inhérente à la psychologie des *amici* — que l'envoyé spécial ne serait jamais le même homme. Ainsi, les risques de le voir se laisser acheter ou détourner de sa mission étaient fortement minimisés ; ce que les deux parties entrevoyaient comme le gage d'une bonne entente empreinte de la plus parfaite hypocrisie.

Cet état de fait réjouissait Bolan qui avait

décidé de s'en servir comme d'un atout décisif dans son plan d'attaque. Mais il craignait d'arriver quelques instants trop tard et se voyait déjà lancé dans une recherche aléatoire, lorsque la chance lui fit un clin d'œil par l'entremise d'une mignonne réceptionniste blonde qui se détournait pour accrocher une clé au tableau placé derrière elle. Le numéro correspondait à celui que Necker avait indiqué à l'Exécuteur. L'homme aussi correspondait à la description. C'était un type de grande taille, presque aussi grand que Bolan, vêtu d'un costume gris anthracite impeccable et portant un attaché-case à la main. Il avait un regard extrêmement mobile, des traits assez lâches et des lèvres minces qui le faisaient un peu ressembler à un batracien ayant mal tourné.

Ce n'était certes pas son portrait craché, mais il lui faudrait bien s'en contenter. Bolan le laissa atteindre la grande porte du hall avant de l'aborder discrètement.

— Douglas ? fit-il à voix contenue. Matt Douglas ?

Sans s'arrêter, l'autre lui jeta un regard ennuyé.

— Pourquoi ? demanda-t-il sur un ton cassant.

— Nat m'a chargé de venir vous prendre.

— Ah ? J'ai eu Nat tout à l'heure au téléphone et il ne m'a pas dit qu'on m'enverrait quelqu'un.

— La consigne est changée, assura confidentiellement Bolan. On a un problème, ici, et il est préférable que vous ayez une escorte.

— Quel genre de problème ? interrogea Douglas.

Ses yeux sans cesse en mouvement allaient de Bolan à l'ensemble du parking vers lequel ils se dirigeaient.

— Je vous raconterai ça en cours de trajet. Vous avez un véhicule ?

— Une caisse de location.

Il inspecta du regard les voitures en stationnement et désigna bientôt une Cadillac noire vers laquelle ils se dirigèrent.

— Si vous n'y voyez pas d'inconvénient, je vais prendre le volant, dit l'Exécuteur en s'installant sans attendre la réponse.

Il lança le moteur, attendit que l'autre ait fermé sa portière et démarra lentement en direction de Elm Street. Au bout de quelques secondes, Douglas considéra le costume coûteux de Bolan et questionna :

— Vous êtes, heu... à quel niveau dans l'entourage de Nat ?

— Assez bien placé, fit Bolan. Suffisamment en tout cas pour avoir sa confiance.

Il resta ensuite silencieux en observant dans le rétroviseur une grosse DeSoto grise qui s'était incrustée dans le sillage de la Caddy tout de suite après la sortie du parking. C'était un élément avec lequel il n'avait pas compté. Les deux molosses dont il entrevoyait la carrure et le faciès brutal à travers le pare-brise n'avaient rien d'un couple de touristes et ce n'étaient certainement pas des flics. Etait-ce une couverture que Douglas avait amenée avec lui, ou la Mafia locale avait-elle en définitive délégué une équipe de protection sans en avertir l'intéressé ? Peu importait, en vérité, mais c'était plutôt ennuyeux.

Bolan accéléra un peu au bout de Elm Street et prit la route de Fort Worth, vers la campagne. Ce fut son passager qui rompit le premier le silence :

— Comment ça se présente, ici ? Vous m'avez parlé d'un problème.

Bolan éluda la question :

— On ne s'est jamais mis autant de blé dans les poches que maintenant. Ça va bientôt être possible de passer à la vitesse supérieure et de multiplier le rendement. Faut dire que Nat s'y prend plutôt bien. J' crois pas que vous aurez des difficultés à vérifier tout le bastringue. Hé ! Je pensais pas qu'un type comme vous pouvait porter un flingue.

Il eut un coup d'œil vers la veste du Contrôleur dont le côté gauche était légèrement déformé.

— Pourquoi ? ricana Douglas. Vous pensez qu'on est tout juste capable de mettre les pieds sous un bureau ?

L'Exécuteur avait besoin de le faire parler. S'il avait vraiment passé un coup de fil à Tramunti — et il n'y avait pas de raison d'en douter — ce dernier connaissait le timbre de sa voix, ses intonations et ses tics verbaux.

L'émissaire de la *Commissione* entra derechef dans le jeu en rigolant :

— Comment vous nous voyez, nous les types de Manhattan ? Je veux dire, depuis votre cambrousse...

Bolan rit à son tour.

— Un peu comme des super-mecs du gros *business*. Mais je pense pas que vous vous soyez servi souvent du calibre que vous trimballez sur vous.

Le visage du mafioso se ferma, une lueur mauvaise traversa ses prunelles quand il laissa tomber avec un accent de Brooklyn exagéré :

— Détrompe-toi, mec. J'ai déjà fait péter la gueule de pas mal de connards à plus de vingt mètres avec ce bidule.

Par l'échancrure de sa veste, il donna une petite tape sur la crosse de son arme, ajoutant :

— On n'est pas des ronds de cuir. Et c'est pas parce que je me suis tapé des cours spéciaux que je suis devenu un enfant de chœur.

Vu ? Je te conseille même de pas trop plaisanter là-dessus.

— O.K. ! D'accord, Matt. Je disais ça comme ça. T'as parfaitement raison, quand on a affaire à un sale connard, faut pas hésiter à lui en foutre plein la gueule. Et maintenant que je te regarde mieux, je pense que t'es un sacré mec, un dur.

— On peut dire ça, ouais, ricana Douglas.

— Et tu dois plaire vachement aux nanas. Je pourrais m'arranger pour te filer une ou deux de nos meilleures garces...

— Hé ! Charrie pas, mec, faut pas pousser trop loin le bouchon, et d'ailleurs j'aurai sans doute pas le temps de me les faire, tes nanas.

Il rigola encore, puis opta pour un ton plus sérieux, cependant encore nuancé de plaisanterie :

— T'essaye quand même pas de m'acheter avec une paire de fesses ?

— Je mélange jamais le business et le plaisir, Matt. Mais on peut quand même voir. Au fait, moi c'est Johnnie. Johnnie Houston...

— Tu n'étais pas obligé de me le dire.

— Ça se passera mieux entre nous, comme ça.

— C'est pas un vrai blaze, ça ?

— Ça sonne un peu comme Matt Douglas, non ?

— O.K., Johnnie. Tout est O.K.

La glace était rompue. Bolan et Douglas étaient devenus en quelques secondes une paire de vieux copains.

Bolan demanda :

— Tu t'es pas fait accompagner ?

— Je vois pas pourquoi. On n'est pas en sécurité, ici ?

— Tu parles ! On peut même dire qu'on a les flics à nos bottes.

Ainsi, le Contrôleur était venu en solitaire. Cela signifiait que les deux gorilles qui filaient toujours le train à la Cadillac ne pouvaient être que des hommes de Tramunti. C'était encore plus ennuyeux. Les ignorer mettrait immanquablement le plan de Bolan au tapis, mais, d'un autre côté, leur disparition risquait de semer fortement la méfiance quant à la suite des événements. Il fallait pourtant prendre une décision, et vite.

Il bifurqua bientôt sur une route secondaire qui louvoyait entre d'immenses propriétés s'étendant à perte de vue, diminua la vitesse du véhicule en prenant un air embarrassé.

— Qu'est-ce qu'il y a ? fit Douglas. Au fait, si tu me parlais un peu de ce problème...

— Je crois bien qu'il est derrière nous, rétorqua Bolan, accélérant subitement. On traîne une gamelle au cul.

— T'as une idée ?

L'autre forçait à mort sur son accent de Brooklyn.

— Comme une impression que les deux gus derrière nous ne nous veulent pas tellement du bien. Tu comprends maintenant pourquoi Nat a voulu que tu aies une couverture ?

— T'es sûr de ça ? grogna Douglas en se retournant vers l'arrière de la Cadillac.

Bolan grogna lui aussi quelque chose d'incompréhensible et accéléra jusqu'à ce qu'il perde de vue la calandre de la DeSoto. Il allait devoir agir très vite, à présent. Il champignonna sur près de deux kilomètres de route sinueuse, relâcha subitement la pression de son pied sur l'accélérateur pour écraser la pédale du frein.

— Hé ! Qu'est-ce que tu fous ? râla Douglas, le nez sur le pare-brise.

La voiture venait de s'arrêter dans le balancement mou de ses amortisseurs.

— Je vais en foutre plein la gueule à un sale connard, renvoya Bolan en exhibant son Beretta équipé d'un long silencieux.

L'autre le regarda d'abord d'un air complètement stupide. Puis son regard se fit brusquement aigu comme celui d'un rapace surpris en train de dévorer un cadavre et il plongea la main sous sa veste à la recherche de son arme. Bolan lui logea très proprement une balle dans la tête. Il descendit ensuite de la Cadillac dont il fit le tour, ouvrit la portière et transporta le corps de Matt Douglas sur une quinzaine de mètres, à l'abri d'un massif d'arbustes touffus.

Dix secondes plus tard, il redémarrait pour rejoindre la SR 80 en direction de Fort Worth, roula à vitesse raisonnable pendant quelques minutes, puis arrêta la Cadillac sur l'accotement juste après une courbe. Il sortit sans hâte, alla s'appuyer le dos contre un arbre et attendit en vérifiant son Beretta silencieux.

L'attente ne dura qu'une trentaine de secondes. La caisse grise arriva en trombe à la sortie de la courbe, décéléra dans un hurlement de pneus pour stopper à l'approche de la Cadillac. Elle était encore en mouvement et sa trajectoire s'incurvait vers le bas-côté quand Bolan se démasqua et pointa son arme. A travers le pare-brise, il vit distinctement les deux visages brutaux aux yeux subitement agrandis, aux lèvres tordues dans un rictus de terreur. Une première pression de quelques grammes sur la détente de l'automatique provoqua un chuintement infime en même temps qu'une balle blindée de 9 mm traversait l'air et perforait le pare-brise pour venir faire éclater la tête du passager. Moins d'une seconde plus tard, un morceau de la tempe du conducteur se détacha de son crâne pour atterrir sur la banquette arrière tandis que le véhicule continuait quelques mètres encore sur sa lancée avant de s'arrêter mollement à moins d'un mètre d'un arbre.

La route était déserte. Bolan courut jusqu'à la portière de gauche. Il fouilla le passager, trouva sous sa veste un automatique qu'il braqua sur une aile de la Cadillac et appuya trois fois sur la détente. Trois trous apparurent dans une aile et sur une extrémité du pare-chocs. Ensuite, il vida le reste du chargeur en l'air, lâcha l'arme sur les genoux du cadavre et s'éloigna du tableau macabre.

L'Exécuteur n'avait plus de temps à perdre. Il réintégra la Cadillac, fit une manœuvre et reprit la route en sens inverse. Vers Dallas.

Ennuyeux, l'intermède sanglant ? Pas vraiment. Au contraire, il pouvait même renforcer son personnage.

A condition de jouer tout en finesse et en rapidité.

CHAPITRE VI

Gadgets Schwarz inspectait l'équipement offensif de la caravane de guerre tandis que Rosario Blancanales finissait de transcrire sur un carnet des données fournies par l'ordinateur de bord. Le pilote Jack Grimaldi, assis sur un siège relax, étudiait une carte à grande échelle de la région.

Cela faisait chaud au cœur de Mack Bolan de voir ses amis réunis autour de lui et il ne pouvait s'empêcher de revoir mentalement les images d'un passé révolu mais relativement récent, du temps où il avait constitué la « Death Squad », l'équipe de la mort, au tout début de sa croisade meurtrière contre l'Hydre de la Mafia. Hélas, il ne restait plus que deux hommes de ce commando spécial, à part Grimaldi qui avait rejoint Bolan plus tard, dans des conditions dramatiques.

Il pensait à Bill « Boom-Boom » Hoffower, ce grand garçon blond ex-quaker de Pennsylvanie, expert en démolition de tous genres. A Gunsmoke Harrington, ce virtuose du tir au Colt .45 qu'il portait sur la cuisse à la manière des cowboys. A Mark « Deadeye » Washington, capable de descendre une cible en mouvement à plus de quatre cents mètres... A Zitka, aussi, ce vieux combattant de la jungle qui lui avait sauvé la mise à Beverley Hills et s'était ensuite fait descendre lors de l'attaque de la propriété de Julian DiGeorge.

Et aux autres aussi. Tous morts les armes à la main sur le champ de bataille funeste. L'un des anciens compagnons de l'Exécuteur « Flower Child » Andromede lui avait dit, peu de temps avant de succomber lui-même : « Ils ne sont pas morts, ils sont seulement libérés. » En effet, pour Bolan, ses amis étaient toujours vivants dans son cœur et dans son esprit. Et c'était en partie pour eux qu'il continuait à se battre, afin qu'il ne pût être dit qu'ils étaient morts en vain. Pour la famille Bolan assassinée par la *Cosa Nostra,* aussi, et sa petite sœur Cindy que les *amici* avaient ignoblement lancée sur le marché de la prostitution en échange du règlement des prétendues dettes de son père. Mais les souvenirs ne constituaient pas les seules motivations de Mack Samuel Bolan. Il s'était lancé irréversiblement, corps et âme, dans une guerre contre le mal que représentait indéniablement la Mafia ; contre les *mobsters,* ceux qui oppressaient les faibles et les humbles, contre les charognards qui n'avaient plus d'humain que leur aspect extérieur. C'était cela qui comptait surtout, à présent, dans cette lutte qui lui paraissait durer depuis un siècle.

Herman Schwarz tourna la tête vers Bolan et lança, comme s'il avait deviné ses pensées :

— Tu crois qu'ils utilisent ici le même système qu'au début, en Californie, Mack ? Je veux parler du plan qu'avait mis sur pied Julian DiGeorge.

Bolan sortit de ses pensées.

— C'est à mon avis beaucoup plus important. Où en es-tu, Politicien ?

— D'accord avec toi, fit Blancanales. J'ai terminé le travail de renseignement et d'après les éléments que j'ai en main, ça paraît vachement important, leur bidule. Il y a une foule de gens haut placés qui tripatouillent dans l'affaire, avec de toute évidence un point commun. De près ou de loin...

— Ouais ?

— C'est de l'or, pour eux. Mais pas en barre. De l'or liquide.

— Le pétrole ! dit Schwarz. On aurait pu s'en douter, au Texas !

Blancanales quitta son siège pour aller s'adosser contre une cloison, son carnet à la main.

— Ecoutez ça... En plus de ses activités de

conseiller juridique, Roy Bennet Simpson était le principal actionnaire d'une grosse compagnie de transports nationaux. Savez-vous ce que ses camions-citernes transportaient exclusivement ? Du pétrole... L'Attorney Spellman, dont le nom figure parmi les documents de Banelli, détient également des parts importantes dans une société privée d'exploitation pétrolière, ainsi que plusieurs autres grosses légumes qui occupent des tas de postes clés dans l'industrie de l'or noir. On trouve aussi les noms de types dont les responsabilités couvrent des systèmes de gestion ou de *marketing* concernant toujours le pétrole. Je passe sur pas mal d'autres personnalités qui sont directement ou indirectement concernées par le sujet et qui, toutes, ont des relations avec les *amici*... Il y a aussi une information particulièrement intéressante : le mec à qui sont allées les parts de Roy Simpson après sa mort s'appelle Marcus Weissbaum ; la Banque Centrale de données de Washington fait état de ses antécédents : trois fois inculpé pour fraude fiscale, détournement de fonds et captation de biens. Il n'a pourtant jamais été inculpé, faute de preuves, et depuis trois ans, apparemment, personne n'a plus rien à lui reprocher. A noter qu'il possède deux bureaux d'affaires à Dallas, un à Los Angeles, et deux autres à Manhattan, dont le plus important est situé dans l'immeuble qui abrite le siège de la *Commissione.* Lui aussi figure en bonne place, et avec pas mal d'annotations manuscrites dans le carnet de Banelli. Il ne fait nul doute qu'il travaille en étroite liaison avec les petits copains de la *Cosa Nostra...* Je peux vous mentionner encore beaucoup de noms dont la plupart ont un trait d'union avec le pétrole.

— As-tu trouvé quelque chose sur Nat Tramunti ? interrompit Bolan.

— Strictement rien. Les banques de données sont vierges en ce qui le concerne.

— Moi, je pourrais vous en parler, intervint Jack Grimaldi. Du moins si c'est bien le même personnage. Quand je travaillais pour les *amici,* j'ai plusieurs fois transporté dans mon hélico un gus qui se faisait appeler Nat Damsky. En laissant traîner une oreille, j'ai appris que Damsky était un nom bidon. J'ai vu aussi un *caporegime* se faire engueuler parce qu'il l'avait appelé Tramunti devant ses hommes. Les soldats ne devaient pas être au courant, mais tout le monde pensait que c'était un caïd et certains chuchotaient qu'il était le fils de Carmine Galente, un bâtard que Galente aurait eu avec une de ses maîtresses.

— Carmine Galente ? releva Politicien. L'ex-*Capo di tutti capi...* Si je ne me trompe pas, il s'est fait descendre en 1979 dans un restaurant italien de Brooklyn. Il avait à l'époque environ soixante-dix ans...

— Exact, confirma Bolan.

Puis, changeant de sujet :

— D'après Necker, l'ancien capo en titre à Dallas était Joe Buscetta dont la Famille était opposée aux Galente. A cette époque, on était à peu près certain que Carmine Galente avait été abattu par un Buscetta à la tête d'une équipe de *hit-men.* Or, il y a seulement quelques mois, juste avant l'apparition de Nat Tramunti au Texas, le vieux Joe Buscetta s'est fait descendre à son tour. La thèse officielle est qu'un petit malfrat des faubourgs lui a lâché un chargeur dans le ventre pour se venger d'avoir été chassé de la ville.

— J'ai entendu vaguement parler de cette histoire, intervint Schwarz. La rumeur courait que c'était pas un mal, que le vieux devenait gâteux et qu'il accumulait les conneries.

Grimaldi suggéra :

— Un règlement de compte ?

— Plus que ça, sans doute, affirma Bolan. Je dirais plutôt un complot et une prise de pouvoir par Tramunti avec l'accord de la *Commissione.* Il n'aurait jamais pu s'installer aussi facilement ici sans que le Grand Conseil l'y ait aidé.

La discussion s'interrompit durant quelques secondes, puis Blancanales intervint :

— Tu penses à ce que je pense, Mack ?

— Ça se pourrait, sourit Bolan.

— C'est salement risqué.

— Mais c'est sans doute la meilleure façon de faire éclater leur combine.

— Par l'intérieur, ouais.

— Hey ! On peut savoir de quoi vous parlez ? grogna Schwarz.

— Mack a l'intention d'entrer dans la tanière des loups.

— Quoi ? Comme à Beverley Hills ? C'est dingue !

— Pas d'accord. S'il y passe un minimum de temps et s'il arrive à les retourner suffisamment, il s'en sortira très bien. Et pour ça, je crois qu'on peut lui faire confiance.

— Pourquoi est-ce qu'on n'utilise pas les moyens techniques de ce tank ? s'exclama Schwarz en désignant d'un mouvement circulaire de la main l'équipement intérieur du mobil-home.

— Le terrain s'y prête mal, fit remarquer Bolan. Pas assez de couverts, trop de zones plates à perte de vue, et surtout... Tramunti s'attend à une offensive de ce genre. Tout ce qu'il est possible de faire, c'est de l'avoir à la surprise, par l'intérieur, là où il se croit en sécurité.

— Dans son bunker... Je reconnais que le raisonnement est parfaitement logique. Mais tu vas marcher constamment sur un terrain rempli de mines, Mack.

Bolan ignora la remarque, poursuivit :

— La caravane servira en appui logistique et tactique. On l'utilisera aussi comme moyen de diversion s'il surgit un imprévu.

Il s'assit en face de ses amis, ramassa la carte que Grimaldi avait abandonnée sur la couchette et la déplia devant lui tout en commentant :

— Nous allons devoir jouer ensemble une opération ponctuelle avec éventuel harcèlement et diversion à improviser. Il faudra que nous ayons une liaison radio permanente. Gadgets, tu te chargeras de ça, arrange quelque chose qui soit absolument indétectable aussi bien par la Mafia que par les flics. En ce qui les concerne, il y a tout lieu de croire qu'on risque de les avoir dans les jambes, alors, il faudra être constamment à l'écoute de leurs messages et faire gaffe à tout moment. Si nous ne sommes pas parfaitement synchro, l'opération partira en confetti. Je ne veux pas que vous preniez le moindre risque. Il est entendu que pour vous, ce sera uniquement une couverture tactique en cas de pépin. O.K. ?

— O.K. ! assura Blancanales.

— On s'en tiendra à ce que tu nous demandes, fit Schwarz.

Grimaldi haussa les sourcils :

— Et moi, dans tout ça, qu'est-ce que je fais ?

— Toi, tu te démerdes pour trouver un hélico et tu restes en réserve. Le cas échéant, je veux te voir débarquer à pleins pots là où j'aurais besoin de toi.

— Entendu. Quel genre de trapanel ?

— Si possible un quatre ou six places, avec une radio en état de marche. Tu communiqueras aussitôt les fréquences d'appel à Gadgets.

— Vu !

— Maintenant, passons à la planification des mouvements dans l'ensemble du territoire. On considérera que la zone sensible s'étend de Waxahachie à Tornhill et à Lavon Lake.

Il traça un triangle sur la carte.

— La caravane se tiendra en attente ici... Toi, Jack, tu resteras en *stand-bye* à dix kilomètres au nord de cette position...

Mack Bolan continua de parler pendant une dizaine de minutes. A mesure qu'il poursuivait ses explications, ses amis sentaient monter en eux une onde de chaleur qui leur faisait oublier le danger bientôt encouru par celui en qui ils avaient toujours cru et pour lequel ils étaient prêts à donner le meilleur d'eux-mêmes. L'Exécuteur distribuait des consignes, des directives et des conseils tactiques. Et il le faisait avec un tel brio, un tel professionnalisme que ce qu'ils entendaient était une merveilleuse musique à leurs oreilles. Subitement, ils ne se trouvaient plus à l'intérieur d'un mobil-home, même si celui-ci comportait des parois blindées et un arsenal ambulant, mais dans une salle de *briefing* en train de préparer une mission de combat dans le cadre d'une nouvelle guerre.

Car c'était bien une guerre qui s'annonçait, et qui allait secouer la cité de Dallas tout entière.

CHAPITRE VII

Il était quatorze heures trente quand un véhicule noir aux chromes rutilants se présenta au portail de la propriété de Natale Tramunti ; l'un des deux gardes qui jouaient aux cartes dans une maisonnette aux grandes vitres à l'épreuve des balles sortit nonchalamment et passa par un portillon pour s'approcher du véhicule. Une glace teintée descendit, mue par un système électrique dans la portière, et le conducteur se pencha, sourit en adressant un petit geste amical au gardien.

— Salut ! fit-il.

Il tendit une carte de visite que l'autre examina brièvement. Aussitôt, il se raidit et annonça sur un ton respectueux :

— Vous êtes attendu, monsieur. Je crois même qu'on commençait à se faire du souci pour vous.

Le type dans la Caddy avait l'air d'être très grand. Ses yeux étaient masqués par des lunettes de soleil qu'il n'avait certainement pas achetées dans un supermarché. Il rempocha le bristol et questionna :

— Pourquoi est-ce que quelqu'un se ferait du souci ?

— Eh ben... J'ai entendu dire que vous deviez arriver ce matin. Le patron... M. Nat a posé beaucoup de questions à votre sujet pour savoir si on vous avait vu.

— Qu'est-ce qui se passe, par ici ? fit le visiteur en observant deux hommes armés de riot-guns en train de déambuler un peu plus loin dans l'immense parc.

— Je préférerais que M. Nat vous en parle lui-même, rétorqua le petit truand d'un air circonspect.

— T'es vraiment pas au courant ?

— Pas vraiment, non. On nous a seulement passé des consignes. On nous a demandé de faire gaffe, c'est tout.

— Comment tu t'appelles ?

L'autre comprit que c'était un signe de sympathie. Il esquissa un sourire :

— Max. Max Charley. Normalement, c'est pas mon boulot d'être à côté de la porte. Je suis chef d'équipe. Mais les patrons pensent qu'il faut quelqu'un avec des responsabilités pour filtrer les entrées.

Le grand type releva ses lunettes de soleil sur

son front et considéra le mafioso avec bienveillance.

— Dis-moi, Max, tu sais pourquoi je suis ici ?

— Ben... Je sais que vous arrivez de New York, comme ça se fait régulièrement.

— Je voulais dire, tu sais qui je représente ?

— Oui, bien sûr...

— On dit là-bas qu'il y a un problème emmerdant à Dallas. Et je suis prêt à entendre tout ce qui pourrait être intéressant. Tu comprends ce que je veux dire ?

— Oui monsicur, fit l'autre d'un air entendu. Mais je ne suis qu'un chef d'équipe.

— Tu pourrais peut-être bien avoir de l'avancement, Max. On ne sait jamais, des fois que l'occasion se présente. Réfléchis à ça et dis-toi qu'on pourra toujours se parler. Hein ?

— Oui monsieur, répéta l'autre en ressentant une onde de plaisir dans la poitrine.

Le visiteur lui fit un clin d'œil.

— Maintenant, ouvre-moi ce portail, Max. Et préviens tes copains pour qu'ils n'essayent pas de me flinguer au passage.

Le truand se précipita vers la guérite et actionna une touche sur un pupitre électrique. Ensuite, il décrocha un micro dans lequel il parla quelques secondes tandis que le véhicule s'avançait presque silencieusement dans la grande allée sinueuse.

Il reposa le micro, manipula le système de fermeture.

Quelle classe, ce type! pensa-t-il en observant la caisse de luxe qui disparaissait derrière un bosquet. De tous ceux qu'il avait vu débarquer de la côte Est, c'était de loin le plus sympa.

— Qui c'était, ce mec? questionna son comparse resté à l'intérieur de l'abri de garde.

— Un mec bien, Lou. Il nous arrive de chez les grands patrons. Ouais, sûrement un mec bien.

***

Le mec bien faisait doucement rouler la Cadillac vers la grande maison en forme de « U » sise à trois cents mètres des barrières blanches d'enceinte. Il passa devant deux hommes dont l'un tenait un fusil automatique et l'autre un talkie-walkie en bandoulière sur l'épaule. Celui-là lui fit un signe de la main signifiant qu'il ne devait pas s'arrêter et il accéléra un peu à la sortie d'un groupe d'arbres bordant l'allée. Tout de suite, il remarqua un certain nombre de soldats disséminés un peu partout, aux abords de la bâtisse, sur les flancs et sur un grand parking où stationnaient une dizaine de voitures.

Bolan-Douglas stoppa en douceur la Cadillac devant le perron de la maison, en descendit en inspectant la grande entrée par où venait d'apparaître un type jeune qui tenait lui aussi un talkie-walkie et dévalait les marches à sa rencontre. L'Exécuteur l'ignora délibérément, lui tourna le dos pour observer la large piscine dont une partie apparaissait à l'angle de la bâtisse. Trois filles se faisaient bronzer, allongées sur des transats. Deux autres se baignaient, nues, leurs corps ondoyant gracieusement dans l'eau aux reflets bleutés. Plusieurs soldats en bras de chemise ou carrément torse nu entouraient celles qui se faisaient bronzer, fumant et buvant des rafraîchissements. Des plaisanteries fusaient parfois et il y avait des rires, des petits gloussements féminins.

La propriété de Tramunti était sans aucun doute devenue une place forte, avec ce qu'il fallait pour maintenir le moral de la troupe. Mais il y avait comme une fausse note. Cela résidait dans l'ambiance de tranquillité exagérée que l'on ressentait tout de suite après avoir franchi les différents barrages de sécurité. Visiblement, le *big boss* tenait à donner le change. Vis-à-vis de ses hommes, ou de l'émissaire de Manhattan ? La seconde hypothèse était probablement la bonne. Tramunti ne tenait pas à ce que les gros bonnets de la *Commissione* aient des doutes quant à la bonne marche des opérations texanes. Il camouflait la merde au chat. Effectivement, pour un observateur non averti, il n'y avait pas eu le moindre incident au cours de la journée, tout trempait dans l'allégresse et la satisfaction légitime du travail parfaitement accompli.

— Salut, Matt ! entendit-il dans son dos.

Il répliqua sans se retourner :

— Qui a eu cette idée de génie ?

Après un petit silence d'incompréhension, son hôte demanda :

— Comment ? De quoi parlez-vous ?

— De ça, fit Bolan en désignant les filles d'un bref mouvement de la main.

Puis il se retourna et accrocha durement le regard de l'autre. Il avait certainement moins de trente ans, un visage anguleux avec une bouche molle et une expression sournoise. D'après le ton qu'il avait d'emblée employé, il ne faisait pas partie de la troupe. Mais il était trop jeune pour être un chef. Bolan estima qu'il devait s'appeler lui aussi Tramunti.

— Je veux parler de ces putes, confirma-t-il. Qu'est-ce qu'elles foutent ici ?

— Eh bien... Je... On a pensé qu'aujourd'hui, c'était pas un jour comme tous les autres.

La voix de Bolan se fit cassante :

— Et qu'est-ce qu'il y a de particulier, aujourd'hui ? L'*Independance Day*, c'est dans quinze jours.

L'autre essaya un sourire amical qui se transforma tout de suite en grimace d'excuse.

— Tu vas quand même pas me dire qu'on a préparé ça pour moi !

— Non, bien sûr... Enfin... Je...

Le jeune type commençait à perdre les pédales. Un tic lui agita une paupière qui se mit à battre furieusement. Bolan, en quelques secondes, en avait suffisamment appris sur le personnage. Il sourit d'un coup, lui expédia une tape sur l'épaule et le prit par le bras en le poussant vers l'entrée de la maison.

— Il fait toujours aussi chaud, ici ? Depuis que j'ai débarqué de l'avion, j'ai l'impression d'être tombé dans un sauna.

— On y est habitué, nous. Mais d'après la météo, on va avoir droit à un orage dans pas bien longtemps.

Ils arrivèrent dans un très grand hall au dallage en damiers noir et blanc, aux murs recouverts d'un crépi rustique, avec des imitations de toiles de maîtres échelonnées presque jusqu'au plafond. Le jeune type ouvrit une porte en bois massif et fit entrer Bolan-Douglas dans une grande pièce agréable avec un bar au fond.

— Je vais avertir mon père. En attendant, servez-vous ce que vous voulez boire.

Il s'éclipsa et l'Exécuteur entendit ses talons marteler précipitamment le carrelage. Pour l'instant, tout se présentait au mieux. Il était entré facilement dans le bunker ennemi et il n'y avait qu'un risque infime que quelqu'un, ici, ait jamais été en contact avec le vrai Matt Douglas. Mais, la partie allait devoir se jouer très serrée tout en donnant l'apparence de la plus parfaite décontraction. Un mot inconsidéré, une parole maladroite et c'en était fait de lui. Pris au milieu d'une cinquantaine, au moins, de chiens enragés, il n'avait aucune chance de s'en sortir.

Sous sa veste, il portait son Beretta R-93 dont le silencieux était démonté et placé dans une poche. Il avait également fixé une dague de combat sous son aisselle droite et deux chargeurs supplémentaires de chacun dix cartouches de 9 mm. Un émetteur-récepteur extra-plat, fonctionnant en ondes centimétriques et lui permettant une liaison avec la caravane de guerre était logé dans une poche arrière de son pantalon. C'étaient tous les moyens techniques et défensifs sur lesquels il pouvait compter.

Au bout de quatre à cinq minutes, la porte s'ouvrit et le rejeton de Tramunti poussa son sourire vicieux dans la pièce.

— Père vous attend, annonça-t-il. Tout est prêt. Il dit que vous n'aurez pas besoin de beaucoup de temps pour faire le tour de l'opération.

Bolan n'en douta pas un seul instant.

— Allons-y.

Côte à côte, ils grimpèrent le large escalier à révolution recouvert de moquette rouge, atteignirent un couloir bordé de cinq portes de chaque côté.

— Si vous désirez rester un peu ici et vous amuser après le boulot... risqua le jeune truand qui poursuivait son idée.

La grimace de remerciement qu'il reçut parut lui aller droit au cœur.

— Je crois bien qu'on va bien s'entendre, acquiesça Bolan-Douglas. Au fait, c'est quoi, votre prénom ?

— Jack. Vous pouvez m'appeler Jackie.

— O.K., Jackie.

Pour la seconde fois de la journée, Bolan s'était fait un ami. Dès le premier instant, il avait compris la psychologie du fils du *capo* et l'avait immédiatement rangé dans une catégorie précise. Malgré un semblant d'éducation, c'était une petite crapule. Ses traits et certaines de ses expressions le laissaient supposer, encore qu'il ne faille pas a priori porter un jugement trop rapide sur l'aspect physique et les réactions visibles. Mais, au-delà de ce qui était apparent, l'instinct de l'Exécuteur ne pouvait se tromper. Il avait été si souvent confronté aux malfrats de tous crins qu'il savait les détecter du premier coup d'œil. Et Jack Tramunti n'avait certes rien de très bon au fond de lui. C'était un voyou. De luxe, sans aucun doute, mais aussi vicieux et probablement lâche. Seulement, il faisait bonne contenance devant le visiteur de marque et s'efforçait d'être aimable. Très probablement aussi avait-il reçu des consignes très précises en ce sens.

Il frappa deux coups brefs à une porte qu'il ouvrit sans attendre la réponse et passa devant Bolan d'une allure décontractée.

— Je t'ai amené Matt, commença-t-il. Je...

Bolan nota le regard dur que Tramunti lui jeta. Le *capo* était un homme de quarante-cinq, quarante-six ans, visiblement en pleine forme physique mais aussi en proie à une tension nerveuse qui ne pouvait échapper à l'examen. Deux rides profondes lui barraient verticalement le front, comme deux antennes hérissées.

— Ça va, tu peux nous laisser, grogna-t-il à l'attention de sa progéniture.

— Mais, je...

— J'ai dit que tu peux nous laisser !

— Mais, écoute, Nat !... Je pensais...

— T'as pas compris ? éructa soudain Tramunti d'une voix menaçante. Et ne m'appelle plus Nat. Je suis encore ton père, t'entends ! Maintenant, sors d'ici, on a à parler.

L'autre serra les dents, baissa la tête et quitta le bureau en marmonnant quelque chose d'inintelligible. Puis Tramunti se décontracta d'un coup. Ses deux grosses rides s'atténuèrent. Il désigna un fauteuil en cuir beige à son visiteur, prononçant quelques mots d'excuse :

— Désolé que vous ayez assisté à une petite scène familiale. Les jeunes, aujourd'hui, n'ont plus tellement le respect des parents...

Bolan pensa un instant qu'il allait lui envoyer le refrain du conflit de générations. Il était resté debout et inspectait des yeux l'ensemble du bureau luxueusement meublé. Le *capo* se laissa aller dans son immense fauteuil, alluma un cigare d'un geste emphatique. Il n'avait pas jugé utile de convoquer un garde pour assurer la sécurité de l'entretien. Question de bienséance et de politesse vis-à-vis de l'ambassadeur new-yorkais.

— Comment vont les amis, au Conseil ? demanda-t-il.

Il avait déjà posé la question au vrai Matt Douglas, par téléphone, quelque temps plus tôt, mais il estimait de bon ton de renouveler sa préoccupation.

— Vos amis à Manhattan vous font savoir qu'ils pensent à vous et vous renouvellent leur confiance, Don Tramunti.

Le *capo* fut immédiatement sensible au « Don » prononcé sur un ton déférent. Ce mec avait de la classe, ce n'était pas n'importe qui. Les vieilles momies de la *Commissione* avaient choisi cette fois un délégué à la hauteur. Il pensait au connard pointilleux et au cul pincé qui était venu fouiner dans ses documents, le mois précédent. Les choses seraient sans doute très différentes avec ce type. Il ouvrit sa boîte de cigares, la poussa vers Bolan et répliqua :

— La confiance est partagée. Vous le leur direz bien, hein ?...

— Bien sûr. Dites-moi, Don...

— Ça va, Matt, laissez tomber le « don ». Je crois pas que ce soit utile entre nous. On a la même éducation, non ?

— D'accord, Nat. Je voudrais savoir à quoi correspond tout ce bordel, en ville, fit Bolan avec un accent de Brooklyn.

— Comment ça ?

— Toute cette armée de flicaille. J'ai eu l'impression de passer le rideau de fer.

Tramunti sourit et balaya la remarque d'un mouvement de son cigare :

— De la routine. De temps en temps, ils font ça pour vérifier qu'ils sont bien au point. Ça rassure les gens...

— Je ne crois pas que ce soit ça, émit Bolan d'une voix absolument neutre.

— Ah ?

— Non. Pas exactement. J'ai plutôt l'impression qu'il y a un sérieux problème sur ce territoire.

Les deux rides sur le front du *capo* réapparurent abruptement. Ses lèvres se serrèrent sur son cigare et il envoya sur un ton presque sarcastique :

— Ah bon ! Et quel genre de problème il y aurait ?

Bolan s'assit doucement sur l'accoudoir du fauteuil. Il se plaça une cigarette entre les lèvres, l'alluma avec des gestes calculés, puis braqua son regard dans celui du *big boss*, passant sans transition au tutoiement :

— J'ai comme une drôle d'impression, Nat. Et ça n'a rien d'agréable. Je crois que tu es tranquillement en train d'essayer de m'endormir.

Un instant de grande tension plana subitement dans la pièce. Une multitude de petits sillons s'étaient creusés aux commissures des yeux de Tramunti qui parut être sur le point d'exploser.

CHAPITRE VIII

— Tu peux être plus clair ? grogna le *capo* qui faisait visiblement un monumental effort pour se contrôler.

Les fers s'étaient durement croisés. Ça prenait une sacrée allure de duel dans lequel l'un des deux belligérants devrait forcément toucher le tapis. Bolan avait choisi d'y aller au culot d'entrée de jeu, puis d'aplanir ensuite les angles.

— Ecoute, Nat. Je n'ai personnellement rien contre toi, au contraire. Je pense que tu es à la hauteur de tes responsabilités. Seulement...

Il prit un ton confidentiel.

— ... Tout le monde n'a pas les mêmes idées en ce qui te concerne. Tu dois bien te douter que certains sont très intéressés par ce que tu as mis sur pied, ici. C'est logique et ce serait pas la première fois que ça se produit.

Les yeux du *capo* se rapetissèrent. Il s'était fait attentif. Bolan poursuivit :

— Je t'en dirai plus quand nous aurons mis les choses au point.

— Attends ! Tu veux dire que... qu'il y avait des traîtres là-bas ?

L'Exécuteur retint un sourire.

— Disons que tous ne sont pas vraiment tes amis. Les autres, ceux sur lesquels tu peux vraiment compter...

Il laissa volontairement sa phrase en suspens. Tramunti avait oublié de tirer sur son cigare. Paupières baissées sur ses réflexions, il demanda :

— Ils t'ont dit de me prévenir de ça ? Merde, qui sont les salauds ? Dis-moi qui sont ces salauds ?

— C'est délicat, tu dois le comprendre. Personnellement, je n'ai pas le droit de me mouiller tant qu'on aura pas tiré la situation au clair.

Tramunti bondit sur ses pieds et rugit :

— Putain de merde ! Quelle situation ? On ne t'a quand même pas envoyé ici pour me parler avec des points d'interrogation partout ! S'il y a quelque chose de vrai dans ce que tu me racontes, on va le savoir tout de suite.

Il avança la main vers l'un de ses téléphones. Bolan ricana, souffla lentement sa fumée vers l'appareil, puis laissa tomber froidement :

— Vas-y, Nat. N'hésite pas. Seulement, il se pourrait que tu n'appelles pas la bonne personne. Tu piges ? Alors, si tu fais cette connerie, moi je m'en lave les mains. Le coup sera peut-être irrécupérable.

Evitant de regarder le *capo,* il prit un air navré.

— Bon, t'as p't'être raison, admit Tramunti au bout d'un moment en ramenant vers lui sa main qu'il essuya discrètement sur sa cuisse.

En quelques secondes, une fine pellicule de transpiration avait recouvert son front et ses yeux n'étaient plus que deux minces fentes. L'instant était venu pour Bolan de porter le coup d'estocade :

— T'es-tu demandé pourquoi je ne suis pas arrivé chez toi plus tôt, après mon appel ?

— Un peu, ouais. J' t'écoute.

— D'abord, j'ai été retenu par un coup de fil que j'ai reçu dès mon arrivée. Ça a duré assez longtemps et ce qui m'a été confirmé est assez emmerdant pour toi. Après...

Il prit un temps pour ménager son effet, annonça :

— Après, il m'est arrivé un drôle de truc sur la route, en venant chez toi. Deux mecs m'ont filé le train au départ de mon hôtel, dans une caisse grise, une DeSoto. Ça te dit quelque chose ?

Tramunti hésita, puis finit par répondre d'une voix renfrognée :

— Ouais. J'ai fait mettre deux hommes sur le circuit pour assurer ta sécurité.

— Merci. Ça, c'est vachement marrant. D'autant plus marrant que ces braves petits gars ont assuré ma sécurité en me balançant toute la merde qu'ils avaient dans leurs calibres.

— Quoi ? feula le grand patron de Dallas. Est-ce que tu te rends compte de ce que tu es en train de baver ?

— Si tu veux, on laisse tomber cette discussion et je me casse. Tout de suite. Appelle ceux en qui tu crois pouvoir faire confiance au Conseil et dis-leur qu'un dingue est en train de te baver sur les couilles, Nat.

Le ton glacial de Bolan occasionna un étrange silence dans la pièce, troublé de bruits de déglutition et de respiration sifflante. Il craignit une seconde d'y être allé trop fort, mais Tramunti parut se calmer. Il se rassit et demanda nerveusement :

— Qu'est-ce que tu as fait, toi ?

— Qu'est-ce que tu aurais fait à ma place ? J'ai eu beaucoup de chance de pouvoir leur mettre à chacun un pruneau dans leur gueule de merde.

— Tu les as viandés...

— Ouais. Et si ça ne te plaît pas, je t'emmerde, Nat. Va donc jeter un coup d'œil sur ma caisse, tu pourras compter les bastos tirées par ces fumiers, sans parler de celles qui sont passées à côté.

— Tu permets que je vérifie, quand même ? fit Tramunti avec une bonne dose de fiel dans la voix.

— C'est ton droit. Je te conseille même de le faire.

Il décrocha son téléphone, appuya sur une touche qui composa automatiquement un numéro.

— Moss ? grinça-t-il quand il eut son correspondant en ligne. Est-ce que tu sais quelque chose au sujet d'une caisse grise qui serait tombée en panne sur la route, pas très loin d'ici ?... Ouais, une DeSoto avec deux mecs...

Il avait fiché son cigare entre ses lèvres et parlait les dents serrées.

— Hein ? Quoi, définitif ?... Pourquoi est-ce que tu m'as pas appelé ?... Tu crois que je te... enfin, on reparlera de ça. Est-ce que ces gars dans la voiture ont fait quelque chose de répréhensible, d'après ce qui était visible ?... Bon. Je veux que tu fasses un saut ici dès que tu peux, on a des choses à mettre au point tous les deux. *Ciao.*

Bolan avait deviné que le correspondant n'était pas un simple petit indicateur à la sauvette. Pour être aussi vite informé, il fallait qu'il soit particulièrement bien placé. Et pourquoi pas chez les flics ? Il y avait cette histoire d'enveloppes, dont Blancanales lui avait parlé. Et l'étonnant grouillement d'hommes en bleu, dans les rues de Dallas, n'était pas non plus le fait du hasard.

Tramunti se leva, s'approcha de la baie vitrée derrière son bureau et resta un long moment à contempler le véhicule qui avait amené Bolan-Douglas, toujours en stationnement devant le perron. Il soupira, se retourna lentement, les paupières mi-closes.

— Je comprends pas ce qui a pu se produire. Ces gars, c'étaient...

— Des mecs sûrs ? ironisa Bolan. Je peux comprendre ça dans un certain sens.

— Dis... J'espère que tu ne crois pas que c'est moi qui leur ai demandé de faire ça.

— J'essaie très fort de ne pas le croire, Nat. Vraiment très fort. C'étaient quand même des mecs à toi.

— Je vais demander qui les a désignés. Et je te jure que...

— Ce serait maladroit. Réfléchis. Et pense à ce que je t'ai dit tout à l'heure.

— Au sujet de ceux qui regardent un peu trop par ici depuis la côte Est ?

Bolan haussa les épaules en signe d'évidence et alla se camper près de la baie tandis que Tramunti reprenait place dans son fauteuil. Le *capo* se passa une main lasse sur son visage devenu poisseux d'une mauvaise sueur. Il eut un nouveau soupir.

— Je devrais faire réviser cette merde de climatisation, bon Dieu ! L'air est...

— Tu devrais surtout réviser ton opinion sur tous ceux qui t'entourent, l'interrompit Bolan. Et rapidement. Ce serait plus sûr.

— Tu crois que c'en est à ce point-là ?

— Si tu n'as pas encore compris, c'est que t'es complètement bouché. Et je ne vois pas ce que j'aurais encore à foutre ici.

Logiquement, s'il avait eu encore quelque doute sur l'authenticité des propos entendus et sur la situation, Tramunti se serait levé pour virer de son bureau l'émissaire de la *Commissione*. Il n'en fit rien. Se tâtant le front comme s'il craignait d'avoir de la fièvre, il se redressa ensuite, reprit son cigare dont il tira une grosse bouffée et considéra son visiteur d'un regard nouveau.

— C'est pas tellement de la chance, que t'as eue, hein, Matt !

— Qu'est-ce que tu veux dire ?

— D'après ce qu'on m'a dit, les deux fumiers dans la DeSoto ont pris chacun une balle en pleine poire. Tu t'es sacrément bien sorti du coup.

— T'imagines un instant qu'on m'aurait envoyé ici si j'étais un manche ? rigola Bolan qui ne voulait pas se laisser entraîner sur un terrain dangereux. Bon. Maintenant, il va falloir prendre une décision. Et vite. Ce serait con que la merde s'installe chez toi.

— Qu'est-ce que tu suggères ?

Bolan ne répondit pas tout de suite. A travers les vitres, il venait d'apercevoir une petite voiture de sport rouge qui arrivait en trombe dans l'allée. Elle stoppa dans un nuage de poussière et de graviers derrière la Cadillac et une jeune femme en sortit, vêtue d'une chemisette à carreaux et d'un jean très moulant. Elle était chaussée de bottes western à hauts talons. Le Stetson dont elle était coiffée dissimulait son visage, vu d'en haut, mais Bolan ne put s'empêcher de penser que son corps aux formes infiniment féminines, et surtout sa démarche, avaient pour lui quelque chose de familier. Il eut un bref rire appréciateur :

— Il y a de sacrées gonzesses chez toi. Dommage qu'on ait des problèmes sur les bras.

Tramunti s'approcha à temps pour voir la fille se diriger vers le perron.

— Quand on aura tiré les choses au clair, tu pourras te taper toutes les nanas que tu veux, affirma-t-il. Sauf celle-là.

— Chasse gardée ?

— Hon-hon.

— T'as du goût.

— J'essaye. Celle-là, elle est pas comme les autres. Comment te dire ?... Elle a rien d'une pute. Elle sait se tenir et je crois qu'elle est sincèrement mordue.

— Je suis content pour toi, fit hypocritement Bolan.

— T'as pas répondu à ce que je t'ai demandé. Comment tu vois les choses ?

— Tu es sûr d'avoir fait ton choix ? rétorqua l'Exécuteur en forçant légèrement l'accent de Brooklyn de feu Matt Douglas.

— Y a pas vraiment de choix à faire. C'est une situation qu'il faut maîtriser...

Il répéta le mot « maîtriser » en paraissant s'en délecter un instant, poursuivit :

— Et comme ça se présente, tu as pas mal de bonnes cartes en main. Ouais ?

— Tu peux en être sûr. J'ai les cartes qu'on m'a données, là-bas.

— Alors ?...

Bolan regarda le *capo* dans les yeux et dit d'un ton empreint de gravité :

— Laisse-moi prendre les affaires en main dans ta maison, Nat. Laisse-moi faire. Juste pour que l'ordre soit rétabli chez toi et qu'on puisse faire sortir les salopards de leurs trous pourris.

Le regard de Natale Tramunti se troubla. Bolan crut un instant y voir un peu plus d'humidité que la normale, et, le temps d'une infime seconde, il se reprocha de jouer un jeu infiniment dégueulasse. Mais c'était la Mafia qu'il avait en face de lui. La Mafia qui le regardait avec un air de bon chien reconnaissant parce qu'il venait — en apparence du moins — lui retirer une douloureuse épine de la patte, mais qui n'en était pas moins toujours prêt à mordre et à déchiqueter ceux qui étaient sans défense, les braves gens sur le dos desquels il avait bâti sa fortune et sa notoriété faisandée.

L'épine qui venait de lui être retirée était en fait un glaive que Mack Bolan était fermement décidé à lui faire rentrer dans la gorge.

Tramunti pivota très lentement sur lui-même, les yeux fixant le parquet autour de lui. Quand il s'immobilisa devant l'homme qui lui promettait une main secourable au nom de l'assemblée des grands chefs et qui, en vérité, s'apprêtait à faire surgir sous ses pieds les flammes infernales, il avait radicalement changé l'expression de son visage. Ses traits étaient ceux d'un homme au caractère trempé dans l'acier, modelés par la confiance mais aussi la gratitude et le sentiment qu'ils étaient faits l'un et l'autre pour de grandes choses en commun. Ce n'était pourtant qu'un masque, une composition de circonstance sous laquelle Bolan entrevoyait la duplicité et l'ignominie.

— Je ne suis pas devenu un chef, un *capo*, sans avoir su comprendre les hommes, affirma-t-il. Je sais maintenant qui j'ai en face de moi. C'est d'accord, Matt. Lance tes cartes et aide-moi à gagner cette partie à la con. Je te jure que tu n'auras pas affaire à un ingrat.

D'un geste théâtral, il s'empara de la main de Bolan et la serra dans les siennes.

Pour un peu, il lui aurait donné l'accolade. Bolan grimaça un sourire :

— Il y a encore un point qui m'ennuie un peu.

— Vas-y. Tout ce que tu veux. Natale Tramunti te répondra.

— Qu'est-ce que c'est que cette histoire de Combinaison noire qui rôde dans le coin ?

D'abord décontenancé par la question, le mafioso marqua une pause embarrassée, puis rétorqua un peu nerveusement :

— Comment t'es au courant de ça ?

— Disons que je le sais. On gagnera du temps si on évite les préambules.

— O.K. Maintenant que nous avons parlé, je me demande si cette histoire n'est pas liée au reste. A la réflexion, ça correspond même très bien...

— De l'intox ? Ça suit une ligne logique.

— Ouais. Ecoute ce qui s'est passé, c'est une vraie saloperie...

Bolan écouta attentivement le récit que lui fit Tramunti. Ensuite, le *capo* alla ouvrir un placard en bois précieux dont il sortit une bouteille de grappa et deux verres qu'il disposa sur son bureau. Il les remplit, goûta d'abord le sien selon la coutume et porta un toast d'une voix vibrante d'émotion latine :

— A notre fraternité !

Compte là-dessus ! se dit Bolan en trempant ses lèvres dans le liquide fortement alcoolisé.

— Tu devrais me parler de tes hommes, Nat. De tes lieutenants, des chefs d'équipe. Il faut qu'on essaye de trier les moutons et de sortir les loups.

Tramunti but une nouvelle gorgée de grappa et alluma un nouveau cigare avant de se lancer dans ses explications. S'il n'en laissait rien paraître, affichant un air de compréhension décontractée, Bolan exultait au fond de lui-même. D'abord entamée sous des auspices orageux, cette énorme partie de poker se poursuivait sur un tapis de velours. C'était même presque trop facile. Mais si la donne lui était favorable, le jeu restait à surveiller avec une attention infinie. Cette fois, il n'avait pas l'As Noir dans sa manche. Il avait truqué la partie différemment en misant sur la duplicité et la méfiance habituelle des *amici* les uns vis-à-vis des autres. Sur la peur, également. La crainte de se voir dépossédé et trahi comme n'importe quel mafioso en était capable avec la certitude de l'impunité et indépendamment de tout code d'honneur. Du reste, il savait pertinemment que l'honneur et le respect fraternel chez les malfrats n'était en fait qu'une notion risible, démodée pour les uns et qui n'avait jamais été mise en pratique par le plus grand nombre. Le meurtre et l'assassinat peuvent-ils être compatibles avec l'honneur ?

Il suffisait donc qu'un mauvais atout atterrisse sur le tapis pour venir faire brutalement basculer contre lui ce jeu de la vie et de la mort. Mais Bolan ne voulait pas y songer. Il était uniquement préoccupé par sa mission et la manière dont il allait pouvoir retourner un à un les dangereux éléments composant le théâtre opérationnel texan.

Il était parvenu de plain-pied dans le bunker ennemi. Il avait su manipuler psychologiquement le maître des lieux qui, finalement, lui fournissait sur un plateau la plupart des informations dont il avait besoin. Il aurait pu s'estimer heureux de l'orientation prise par les événements, et pourtant un obscur sentiment d'angoisse commençait à s'insinuer en lui. Pas vraiment de l'angoisse, mais plutôt une sorte d'indéfinissable signal d'alarme.

Après tout, qu'avait-il à perdre ? La vie, tout simplement. Mais le choix n'était plus possible.

Dans le ciel de l'après-midi, de gros nuages lourds et porteurs de maléfices commençaient à s'accumuler.

Un orage se préparait sur Dallas.

CHAPITRE IX

Mack Bolan avait tout d'abord eu l'intention de miser sur son propre personnage et la panique maladive que sa présence suscitait invariablement parmi la Mafia. Il y avait eu ensuite l'arrivée de ce Matt Douglas auquel il avait très vite choisi de se substituer, puis enfin l'incident sur la route, avec les deux malfrats chargés de filer discrètement l'ambassadeur de Manhattan. Pour mener à bien sa substitution, il avait évidemment fallu qu'il les élimine. Et c'était à partir de cet instant qu'un nouveau plan s'était formé dans son esprit.

Depuis qu'il harcelait la racaille de la *Cosa Nostra*, il avait appris qu'une improvisation sur le terrain, si elle est calculée froidement en fonction des données adverses, peut constituer un atout maître. A la condition d'agir avec un maximum de culot et sans laisser à l'adversaire trop de temps de réflexion.

Certes, il ne prenait nullement Tramunti

pour un crétin capable de gober n'importe quelles sornettes. L'homme était rusé, retors, apte à déceler les failles et les faiblesses des autres. Sans cela, il n'aurait pas occupé la position de chef de la pègre qui était actuellement la sienne. Mais Bolan, sans lui laisser le temps de respirer, lui avait assené deux coups presque simultanés qui avaient placé le *capo* en condition pour accepter le personnage de Douglas-Bolan. Il avait affaibli ses défenses psychologiques, provoqué en lui une réaction de trouille et de suspicion qui devait logiquement lui occuper le cerveau durant les quelques heures à venir.

A présent, il s'agissait d'augmenter la tension électrique, de « conditionner » les éléments secondaires rassemblés dans le bunker de Tramunti.

Bolan descendit d'un pas souple les marches du perron, salua amicalement deux petits truands qui le regardaient avec perplexité et s'approcha d'un type en costume clair qui distribuait des ordres à un groupe de soldats un peu plus loin. Il attendit que l'homme se retourne vers lui, le considéra avec froideur :

— Tommy Salandra, c'est toi ?

L'autre le fixa, une seconde décontenancé.

— Ben, ouais.

Bolan s'était fait donner les noms des chefs d'équipe.

— Tu vas prendre deux de tes gars et me foutre ces putes dehors, vu ?

— Mais, c'est Jack qui a décidé qu'on devait... commença à protester le mafioso.

— Je me fous que ce soit Jack ou qui que ce soit. A partir de maintenant, c'est moi qui donne les ordres. Tu veux peut-être une confirmation ?

— Si c'est comme ça... heu, d'accord, je vais faire le nécessaire, monsieur.

— Magne-toi, Tommy, cette propriété ne doit pas ressembler à un lupanard.

Le type acquiesça, interpella deux soldats à proximité et leur transmit mot pour mot les ordres, vérifiant ensuite qu'ils les exécutaient. Bolan adoucit le ton :

— C'est parfait, Tommy. On n'avait vraiment pas besoin de ces putes avec les problèmes qui nous arrivent sur les bras.

Il était manifeste que l'autre avait envie de poser une question, mais il se retint, le front plissé et se mordillant les lèvres.

— On t'a parlé de ce qui se passe ?

— Non, monsieur.

— Comment ça ? On ne t'a pas mis au courant ?

— Je vous jure que non.

Bolan poussa un soupir. Il grogna quelque chose que le chef d'équipe ne comprit pas et enchaîna à voix basse :

— Tu dois te tenir prêt avec tes hommes, Tommy. Il va y avoir probablement un très sale coup ici dans pas bien longtemps.

Il observa le groupe de filles qu'on faisait marcher vers le parking pour les entasser dans une voiture, enchaîna :

— Tu t'es sans doute demandé pourquoi il y a un tel rassemblement autour de cette baraque.

— Bien sûr.

— Et t'as trouvé la réponse ?

— On m'a seulement dit qu'on devait venir pour assurer la sécurité.

— Je suis sûr que ta mère n'a pas fabriqué un idiot. Réfléchis un peu et tu trouveras tout seul la réponse... Ça fait longtemps que tu es dans le coin ?

— Depuis que M. Nat est arrivé, répliqua le mafioso qui cherchait à se donner bonne contenance. Avant, j'étais dans le Bronx. On m'a demandé si ça me plairait de gagner le double de ce que j'avais et vous pensez que j'ai dit tout de suite d'accord. Ici, c'est un peu le bled, mais y a quand même des super nanas et... enfin, vous voyez...

Bolan ricana.

— Dis-moi... Je voudrais savoir jusqu'à quel point on peut compter sur toi.

— Dans quel sens ?

— Suppose, comment dire ?... Suppose qu'il

y ait une division dans les affaires locales, une sorte de *clash*. De quel côté tu serais ?

Le front du truand se plissa. Il dansa un instant d'un pied sur l'autre, formula :

— Je ferais ce qu'on me dirait de faire...

— C'est pas une bonne réponse, ça, Tommy, grinça Bolan, plongeant le *mobster* dans un abîme tourmenté. Je te fous quand même pas les foies ? Comprends bien que j'ai pas l'intention de provoquer la vérole. Si tu ne me donnes pas la bonne réponse, celle que j'attends, je te dirai simplement : Tommy, embarque tes petits gars dans une caisse et casse-toi vite d'ici. Ça se résumera à ça, sans plus. Alors, je t'écoute.

— Ben... Je serais forcément du côté de M. Nat.

— T'en es sûr ?

— Ouais.

— O.K. C'est la bonne réponse. Ouvre bien les yeux et sois vigilant. Je te conseille de prévenir tes mecs qu'ils doivent se tenir prêts et surtout qu'ils ne parlent pas à ceux des autres équipes.

— Vous voulez dire que...

— Je ne t'ai rien dit. Mais je crois que t'as compris. Combien sont-ils avec toi ?

— Douze. On peut leur faire confiance, c'est moi qui les ai recrutés. Je n'ai qu'à claquer des doigts et ils arrivent.

— Le couteau entre les dents ? sourit Bolan.

— Comme des commandos, souligna Tommy Salandra en relevant ses lèvres sur ses dents.

— Dis-leur bien qu'il y a peut-être des chiens enragés dans le coin.

— Je leur dirai, monsieur. Je dois vous signaler aussi que je suis pas tout seul à être du côté du patron. Flora est un ami qui a les mêmes idées que moi. Il peut compter à cent pour cent sur ses hommes.

Bolan hocha la tête avec confiance. Il fit un clin d'œil au chef d'équipe et s'éloigna vers le parking.

***

Nat Tramunti avait convoqué son homme de confiance, Bob Salt (Roberto Salfati), qui était en même temps l'un des quatre *soto-capi* qui lui restaient. Les autres, il n'en était pas suffisamment sûr, surtout après ce qui s'était passé depuis ce matin.

— Il faut qu'on cause, toi et moi, lui avait-il dit.

C'était aussi par méfiance qu'il avait choisi d'avoir l'entretien dans sa propre voiture, une Rolls blanche aménagée spécialement, blindée depuis le plancher jusqu'aux vitres et capable de résister au tir d'une mitrailleuse 12,7 mm. Il n'était pas loin de croire qu'un petit malin lui avait bricolé son bureau avec un fourbi d'écoute électronique.

Dehors, la chaleur était devenue suffocante. Tramunti brancha l'air conditionné dans l'habitacle, prit personnellement le volant, Bob Salt assis à côté de lui, et engagea la Rolls dans l'allée circulaire encerclant la propriété. Ainsi, roulant à faible allure, il n'avait pas l'air de vouloir faire des cachotteries à ses autres lieutenants. Aux yeux de tous, il partait en inspection afin de vérifier que le dispositif de sécurité était conforme à ses ordres.

Il conduisait depuis trois à quatre minutes et avait déjà mis son second au courant de certains éléments de la conversation qu'il avait eue avec l'envoyé de la *Commissione*.

— Qu'est-ce que t'en penses ? questionna-t-il.

Roberto Salfati prit le temps de réfléchir en se passant la main sur le menton d'un geste habituel.

— C'est assez troublant, ouais. Mais en fin de compte, ça n'aurait rien d'étonnant que des grosses têtes du Conseil tentent de s'approprier ton territoire.

Les deux hommes se connaissaient depuis si longtemps que Tramunti lui permettait de le tutoyer quand ils étaient seuls. Salfati était d'ailleurs le seul, à Dallas, à savoir que le *capo* était le fils de Carmine Galente, bien qu'il fût mis au monde par une simple maîtresse. Les origines exactes du *big boss* n'avaient pas été ébruitées auprès de la troupe, ni des autres *soto-capi*, d'ailleurs, par crainte qu'il soit fait un rapprochement avec la disparition du vieux Joe Buscetta dans des circonstances assez mystérieuses. Nat n'y tenait vraiment pas. Et il avait de sérieuses raisons pour cela.

— Tu es mieux placé que moi pour savoir qui aurait pu avoir une pareille idée, sur la côte Est, enchaîna Salfati. Tu les connais tous.

— C'est bien ce qui m'ennuie... N'importe lequel d'entre eux en est capable, fit Tramunti d'une voix écœurée. Les vieux, enfin, ce qu'il en reste, autant que les jeunes loups. Ces petits connards qui ont fait des études pensent que c'est à eux de prendre en main l'avenir des grandes affaires. Ils ont de l'espoir, ces mecs ! Et ils se foutent complètement de nos lois. Les anciens, eux, ils ont toujours les dents très longues et très affûtées même si elles sont un peu branlantes. Ils n'ont pas oublié comment on fait pour mordre.

— Nat, est-ce que tu es en train de me dire que ceux qui ont voté pour toi dans cette affaire pourraient avoir envisagé dès le départ de récupérer le gâteau après que tu auras tout installé ?

Le *capo* hennit nerveusement un petit rire sarcastique.

— Oh non ! caqueta-t-il pour singer les vieilles momies de la *Commissione.* Ils n'oseraient sûrement pas !

— Je crois que tu dois faire très attention à toi, Nat.

La voix de Tramunti se fit grave :

— Je veux que tu prennes les opérations de sécurité en main. Tu es le seul à qui je peux me fier dans cette putain de baraque. Aujourd'hui, il s'est passé ici des choses qui me font encore dresser les cheveux sur la tête.

— La Grande Pute ?

— Pas seulement ça. La trahison est autour de moi, Bob. Il y a certainement des salauds et des mouches dans mon entourage. Je veux que tu passes tout le monde à la loupe, tous. Et que tu renifles s'ils ont une bonne ou une mauvaise odeur. Je sais pas encore qui a fait des pets dans le coin, mais ça pue vachement...

Salfati était informé de la fusillade intervenue en fin de matinée sur la route. Il demanda :

— Tu as mis ce type au courant, au sujet de la Combinaison noire ?

— Il le savait déjà ! Je ne sais pas comment, mais il m'a balancé le truc en pleine gueule. Il m'a laissé entendre que j'aurais tort de faire des cachotteries à ceux qui sont prêts à me soutenir. Il m'a aussi demandé de le laisser chercher les brebis galeuses et de s'occuper de remettre de l'ordre dans ma maison.

La Rolls passa lentement devant deux gardes qui faisaient une ronde près des barrières blanches, chacun portant un fusil anti-émeute à l'épaule.

— Et tu lui as répondu quoi ?

— Que j'étais d'accord. Que voulais-tu que je fasse d'autre ? Il est mandaté par le Conseil... Et c'est mieux comme ça. C'est lui qui portera la responsabilité s'il devait y avoir un coup pourri, les autres huiles ne pourraient rien me reprocher.

— Et tu pourrais peut-être profiter de l'occasion à ton avantage, récupérer des billes.

— Je ne souhaite absolument pas que les affaires s'enveniment. Tout marche trop bien ici. On n'a pas besoin de ça.

— Bien sûr. Seulement, il ne faut pas oublier le gros ennui qu'on a à l'extérieur. A moins que ce soit un coup monté...

— C'est ce que j'ai dit que je pensais à Douglas.

— Et il t'a cru ?

— Il en est lui-même persuadé, c'est sa théorie. Pour lui, tous les emmerdements proviennent de l'intérieur. Il a même ajouté que les *amis* doivent savoir laver leur linge sale en famille.

Tramunti marqua un court silence, reprit :

— Mais moi, je ne crois pas cela, Bob. Je suis sûr que ce fumier de Bolan est bien à Dallas et qu'il rôde pas très loin d'ici pour essayer de nous escroquer ce qu'on a eu tant de mal à bâtir.

— On devrait lancer quelques hommes à sa recherche.

— Ben voyons ! C'est sûrement ce qu'il attend et j'ai pas envie de lui faire cette fleur. J'ai entendu parler de la façon dont il opère. Entre autres, il s'arrange souvent pour diviser nos forces et taper dessus plus facilement.

— Ou pour rassembler, observa Salfati. C'est comme ça qu'il a réussi son coup à Houston.

— Ouais. A cette différence qu'ici, il est pas sur un terrain favorable. Si nous continuons à rester groupés, sois certain qu'il finira par mouiller un œil et montrer son sale pif. Et le piège se refermera sur lui. Crois-moi, c'est comme ça qu'il faut que ça soit.

— On pourrait demander à Stephan de s'occuper des recherches, suggéra Salfati. Il a encore une douzaine de gars avec lui, en ville.

— Laissons Moss s'occuper de la Combinaison noire. Au fait, t'as fait vérifier que sa flicaille est bien là où il faut ?

Roberto demeura silencieux comme s'il n'avait pas entendu la question. Il semblait perdu dans la contemplation des grands arbres échelonnés le long des barrières blanches.

— Tu as fait jeter un coup d'œil autour de la propriété ? réitéra le *capo*.

— Excuse-moi, Nat. Je réfléchissais. Et il m'est venu une drôle d'idée, tout d'un coup.

— Quoi ?

— Tu vois pas que Douglas soit pas vraiment Douglas ?

— Qui veux-tu qu'il soit ?

— Bolan, par exemple...

Les mots que Tramunti s'apprêtait à prononcer s'étranglèrent dans sa gorge. Il fit entendre un grognement et renvoya précipitamment :

— Ne me dis pas des choses pareilles, Bob. Doux Jésus ! Tu te rends compte de ce que tu viens de...

— Je plaisantais, admit Salfati avec un rire un peu aigre.

Le *capo* leva l'une après l'autre ses mains du volant et les frotta sur ses cuisses. Mais la sueur qui avait giclé presque instantanément de ses pores était toujours là, visqueuse et tenace comme une seconde peau liquide. Il se lança à brûle-pourpoint dans un flot d'explications qui arracha une grimace de contrariété à son lieutenant :

— J'ai discuté avec lui et ça a duré assez longtemps pour que je ressente les vibrations de ce mec. Il parle comme quelqu'un de chez nous, y a pas à s'y tromper. Et puis le Grand Fumier n'aurait jamais le culot de se pointer comme ça ici. Malgré tout ce qu'on dit de lui, il est pas dingue. On connaît sa méthode. C'est le harcèlement, les attaques à tout berzingue... Comment on appelle ça, déjà ?

— Le blitzkrieg.

— C'est ça. Le blitz. Et je te fous mon billet que c'est ce qu'il va essayer ici. Il va sans doute attendre la nuit pour avoir ses chances. Mais son coup va foirer, je te le dis. Il n'arrivera même pas à cinq cents mètres de cette propriété. Ici, c'est pas la Californie ni n'importe quel autre coin où il pourrait utiliser le terrain pour nous balancer sa vacherie. Il sera forcé de promener ses os à découvert et alors, les flics de Moss lui rempliront la carcasse avec du plomb bien chaud... Je t'ai demandé si tu as fait vérifier à ce sujet.

— Tout est correct, assura Salfati. Moss est pas un amateur, il sait comment il doit disposer ses hommes. Bon, on pourrait rentrer, Nat. Je vais parler à ceux en qui j'ai confiance, leur dire qu'ils se séparent des autres sans le montrer et qu'ils me tiennent au courant de ce qu'ils pourraient voir ou entendre de louche.

— C'est ça, Bob. Fais un tri, qu'on puisse larguer en douceur les mecs dont on n'est pas sûr.

Salfati lui assura également qu'il allait faire sonder son bureau pour voir si on n'y avait pas collé un mouchard électronique. Mais il n'en poursuivait pas moins son idée. Il cogitait à une certaine façon de savoir si Matt Douglas était un mec propre ou une planche pourrie. Malgré les pouvoirs exorbitants dont il bénéficiait de la *Commissione*. Après tout, Nat ne l'avait-il pas chargé de veiller à sa sécurité ?

Tramunti commença à virer pour rejoindre l'allée principale à l'instant où une grosse conduite intérieure se profila en direction de la sortie, emmenant une cargaison de filles qui jacassaient et adressaient des signes d'au revoir à un groupe de types sur le côté de l'allée.

— Qu'est-ce que c'est que ça ? coassa Tramunti.

— On dirait que quelqu'un a fait renvoyer les gonzesses, observa le *soto-capo*.

Il se doutait déjà de la provenance de la nouvelle consigne.

Instinctivement, Tramunti leva complètement le pied, et la Rolls vint frôler silencieusement l'attroupement de soldats. De dos par rapport à la luxueuse caisse blanche, l'un d'eux envoya une plaisanterie vers la voiture des filles, ricana, puis se retourna en crachant. Par malchance pour lui, son excrément atterrit sur le capot immaculé de la Rolls où il se fixa tel un sacrilège. Nat se releva un peu de son siège pour examiner la souillure.

— Putain ! grinça-t-il.

Il fit descendre la vitre électrique de sa portière et se pencha à l'extérieur en aboyant :

— Espèces de sales connards ! J' vous paye pas pour mater les putes ! C'est de l'autre côté qu'il faut surveiller, bordel de merde !

Rageusement, il pointa un doigt accusateur vers la chose répugnante qui souillait son capot.

— Toi ! Le mariole... Essuie-moi ça tout de suite ou je te le fais ravaler !

Le soldat s'approcha en sortant un mouchoir en papier de sa poche.

— Excusez-moi, monsieur, je suis désolé.

— T'as intérêt ! claironna le *big boss* d'un ton offensé. Et tu le seras sûrement un peu plus si le Grand Enculé arrive jusqu'ici.

L'autre fronça les sourcils.

— J' comprends pas, monsieur. De quel grand enculé il s'agit ?

— Merde ! C'est pas vrai ! se lamenta Tramunti en levant les yeux au ciel.

Il appuya sur la touche qui fit remonter la glace et embraya en appuyant rageusement sur l'accélérateur. Le soldat n'eut que le temps de se jeter de côté pour éviter d'être heurté par la grosse calandre.

— C'est pas vrai ! vociféra encore Nat. Les cons ! C'est ces mecs-là qu'on a choisis pour assurer la sécurité de ma maison ?

— T'énerve pas pour un mollard, fit valoir Salfati. J'ai pas de remarques à te faire, mais à ta place, je parlerais pas comme ça aux petits gars. Ils étaient simplement surpris de voir les nanas se faire remballer.

Le *capo* ne répondit pas. Mâchoires serrées à s'en faire grincer les dents, il freina sèchement devant la bâtisse, envoyant un nuage de poussière sur un chef d'équipe qui se précipitait pour lui ouvrir la portière.

— Les sales cons ! marmonna-t-il entre ses dents soudées.

Si ses propres hommes commençaient à lui cracher dessus, comment les événements allaient-ils tourner ?

CHAPITRE X

Mack Bolan avait assisté à la sortie du *capo* en compagnie de Salfati et les avait vus s'éloigner à bord de la Rolls. Il se dit que c'était l'occasion de risquer une petite visite dans la maison. Il y entra d'une allure décontractée et se rendit à l'étage où était le bureau de Tramunti. Comme il s'y attendait, il ne rencontra personne sur son passage. Tous les effectifs ainsi que les responsables des équipes étaient massés dans le parc. Il fit néanmoins un premier passage comme s'il se rendait aux toilettes, afin de vérifier qu'il avait le champ libre, et revint s'arrêter devant la grosse porte capitonnée. Malgré la protection acoustique, il perçut tout de suite un bruit de voix et d'autres qui ressemblaient à des gémissements. Immédiatement, le Beretta silencieux vint se loger dans sa main. La porte céda sans effort sous sa poussée. Il l'ouvrit juste ce qu'il fallait pour se glisser dans la pièce, s'immobilisa aussitôt devant le spectacle qui se déroulait devant lui. C'était assez inattendu.

Un type costaud était en train de tenter de s'assurer de la personne d'une jeune femme qui se débattait furieusement entre ses grosses pattes. Elle se tenait de face par rapport à Bolan qui l'identifia à la première seconde. Elle aussi le reconnut instantanément. Le gorille dut lire dans ses yeux la présence indésirable dans son dos, car il tourna la tête vers Bolan. Ses réflexes jouèrent. Lâchant la fille, il pivota du buste, sa pogne droite partant à la recherche de l'arme qu'il portait à la ceinture.

Bolan ne lui laissa aucune chance. Le Beretta toussa une petite flamme à travers le silencieux. Une ogive parabellum à pointe creuse traça son chemin à travers le bureau et entra dans l'œil du type avec un bruit mat et liquide. La tête de l'homme bascula en arrière, revint ensuite tomber sur sa poitrine, et son corps commença lentement à se ployer vers le parquet où il s'effondra, déjà réduit à l'état de cadavre.

Bolan avait refermé la porte derrière lui.

— Mack ! fit la fille avec une curieuse modulation stupéfaite dans la voix.

— Ça va, Toby ?

— Mais... Comment es-tu ici ?

— Dans la peau d'un autre, expliqua-t-il succinctement. Et toi ?

Il jeta un coup d'œil sur le coffre ouvert dans le mur. En-dessous, sur une commode, étaient disposés plusieurs documents ainsi qu'un gros livre de comptes ouvert sur une page remplie de chiffres. Un appareil photo miniature était tombé sur la moquette, sans doute pendant que la jeune femme se débattait entre les griffes du gros costaud. Imaginant ce qui s'était passé, il se baissa pour le ramasser et le glissa dans sa poche.

— Hé ! protesta-t-elle. Ce bidule m'appartient.

— Si quelqu'un te trouve avec ça en ta possession, je ne donne pas cher de ta peau.

— Rends-le-moi.

— Plus tard.

Elle massait ses poignets meurtris. Bolan la contempla un instant. Elle portait toujours le jean, le chemisier sport et les bottes de cow-boy qu'il avait remarqués à son arrivée en voiture. Une magnifique crinière blonde tombait en cascade sur ses épaules, encadrant un merveilleux visage qui pour l'instant était un peu crispé par la déception et la colère.

Le monde est petit, pensa Bolan. Et le monde criminel l'est encore plus. La blonde s'appelait Toby Ranger. Il l'avait rencontrée une première fois au cours de la bataille de Las Vegas, puis lors de son affrontement contre la pègre de Detroit. Et il avait eu la révélation que Toby

Ranger était sans aucun doute l'agent fédéral le plus séduisant des Etats-Unis. A l'époque de Vegas, elle faisait partie d'un groupe de chanteuses-danseuses, les Ranger Sisters. Quatre filles superbes, les plus belles du *Strip*, qui utilisaient leur talent pour couvrir des activités beaucoup moins légères que de se trémousser devant les clients des casinos-attractions. Toby Ranger était une femme-flic qui connaissait bien son métier. Mais quelques instants auparavant, elle s'était trouvée dans une situation des plus fâcheuses.

Bolan ne perdit pas une seconde. Il ramassa pêle-mêle plusieurs feuillets manuscrits, les plia, les enfouit sous sa veste et annonça :

— Partons.

Après un regard prudent dans le couloir, il la fit sortir en premier et ce fut elle-même qui lui proposa :

— Dans ma chambre. Par ici.

Il la suivit par un petit escalier tournant au rez-de-chaussée, déboucha dans un couloir donnant accès au grand hall d'entrée et la plaqua subitement dans un renfoncement du mur en percevant un bruit de pas sur le carrelage. Au bout de quelques secondes, il vit apparaître Paolo Chiesa, un *soto-capo*. Lors de la discussion que Bolan avait eue avec Tramunti, il lui avait demandé des précisions sur son état-major. Le boss n'avait émis aucune objection. L'Exécuteur, donc, n'eut aucune peine à mettre un nom sur le truand. Celui-ci avait l'air préoccupé et marchait d'un pas hésitant. Puis il disparut vers l'extérieur.

— C'est ici, indiqua Toby Ranger en s'avançant vers une porte qu'elle ouvrit.

Bolan referma le battant derrière eux, donnant un tour de clé à la serrure.

— J'ai la vague impression que tu es arrivé à temps, soupira-t-elle en se dirigeant vers la salle de bains. Je pensais pouvoir être tranquille pour faire ces clichés.

— Qui était ce type ? demanda Bolan.

— Le garde du corps personnel de Nat. Un vrai chien fidèle. Il m'a surprise alors que j'avais presque fini.

— Les comptes de Tramunti...

— Oui. Ceux qu'il ne montre jamais à ses associés.

Bolan entendit le bruit d'un flacon sur une étagère en même temps que la jeune femme poursuivait :

— Il faudra bien que je me contente de ce que j'ai photographié. Maintenant, la maison va fourmiller de petits gars qui vont fouiner partout. Dis, tu me rends mon appareil ?

— Eloigne-toi d'ici, répliqua Bolan. Cette partie est devenue trop dangereuse pour toi.

— Tu penses que je risque d'être grillée ?

— Tramunti va se poser toutes sortes de

questions au sujet de la personne qui a pu ouvrir son coffre et liquider son chien de garde. Et tu seras certainement sur la liste.

Elle réapparut dans la chambre. En quelques secondes, elle s'était déshabillée et avait passé une robe d'intérieur diaphane.

— Mon déguisement te plaît, ou tu me préfères en flic ?

Tout naturellement, elle vint se loger entre ses bras et lui passa les siens autour du cou.

— Je te préférerais loin d'ici, Toby. Tu n'es pas à l'abri sous ce déguisement de femelle soumise, même si tu es la maîtresse du grand chef.

— Tu sais déjà ça ?

Il lui sourit en guise de réponse.

— Depuis combien de temps, Toby ?

— Presque trois semaines. Je me suis arrangée pour me trouver là où il fallait au bon moment pour qu'il me remarque. Tout a été très facile.

Bolan n'en doutait pas un seul instant. Le corps magnifique de cette fille n'était certes pas fait pour passer inaperçu, pas plus que son visage au charme envoûtant. Elle alliait la beauté et la classe.

Elle se serra un peu plus contre lui, ajoutant :

— Quand je dis que c'est facile, ce n'est pas tout à fait vrai. Je me dégoûte de ce que je fais. Lorsque je couche avec ce salaud, je suis obligée de lui faire tout un cinéma en me disant que c'est pour la bonne cause. Je fais le travail d'une putain, Bolan. En fait, je ne suis rien d'autre. Une traînée qui se vautre dans le lit de la Mafia.

— Tu te sers de ton corps comme d'une arme dont tu disposes, Toby. Ça n'a rien d'amoral. A chacun ses possibilités.

— Dis donc, Bolan, n'essaie pas de faire croire à la petite Toby qu'elle est un ange. Ça ne pourra pas marcher.

Il le croyait, pourtant. Il pensait sincèrement que si toutes les garces du monde pouvaient lui ressembler, il y aurait infiniment moins d'hommes déçus, de divorces et de drames familiaux.

— Qui t'a mise sur ce coup ? interrogea-t-il. Léo Turrin ?

— Non. Carl Lyons.

— Phoenix Force, alors.

— Hal Brognola avait eu une information sur une nouvelle filière de drogue avec le Mexique. En fait, ce qu'ils maquillent ici ne concerne que partiellement les *stups*. Ils ont mis au point une énorme opération industrielle et économique.

— Ils veulent mettre la main sur le pétrole.

— Tu sais ça aussi !

— Continue.

— Ils ont liquidé en douce des tas de gens

importants dans cette branche et les ont remplacés par des hommes à eux. D'autres ont marché dans la combine, à gros coups de pognon ou de chantage. Une bonne partie du système pétrolier texan est complètement gangrené par ces types. Ils utilisent aussi des moyens informatiques qui leur permettent un maximum de trucages et de camouflages. Ils...

Bolan l'interrompit :

— Nous n'avons pas assez de temps pour une conférence. Qu'est-ce que tu avais décidé de faire après avoir photographié ces documents ?

— Disparaître, évidemment. J'ai passé trois semaines à me mettre dans les bonnes grâces de ce salingue pour savoir quelle est la combinaison de son coffre.

— Il sait que tu la connais ?

— Bien sûr que non. J'ai dû déployer un maximum de ruse.

— Alors, tire-toi, miss.

— Si je quitte tout de suite cette maison après ce qui vient de se passer là-haut, tu imagines quelle sera leur réaction ?

Elle n'avait pas tort, Bolan en convint. Elle serait immédiatement suspecte et n'aurait aucune chance de quitter Dallas. Tramunti ferait contrôler l'aéroport et les sorties de la ville. Un court instant, il envisagea d'utiliser le départ de Toby Ranger comme moyen de diversion, afin de profiter de l'affolement qui s'en serait suivi, mais il y renonça aussitôt. Il se souvenait de ce qui était arrivé à l'une des quatre filles des Ranger Sisters, que la Mafia avait piégée puis torturée abominablement dans une cave infecte. Et de songer que l'adorable Toby pouvait subir le même sort lui était intolérable. Non, il disposait d'autres possibilités qu'il ferait intervenir le moment venu.

— Mack... fit la fille blonde qu'il tenait dans ses bras.

— Oui.

— Embrasse-moi.

— Ce n'est pas spécialement le moment ni l'endroit, objecta-t-il.

— J'en ai besoin, Mack. Je me sens si moche, à l'intérieur.

Il comprit ce qu'elle voulait dire. Il se baissa et ses lèvres rencontrèrent celles de la jeune femme qui frémit aussitôt et lui rendit son baiser avec fougue. Au bout de quelques secondes, il se dégagea et la repoussa doucement.

— Ça manquait un peu de conviction, apprécia-t-elle.

Bolan lui adressa un sourire navré.

— C'est une question d'ambiance.

— Ce sera mieux la prochaine fois ?

— Quand nous serons sortis d'ici, promit-il.

— En attendant, si tu me rendais mon appareil ?

Son sourire s'accentua.

— Nous ferons ça en même temps... Dis-moi, qu'est-ce qu'il a comme voiture, Paolo Chiesa ?

— Une Pontiac, je crois. Oui, une Firebird bleu métallisé. Pourquoi ?

— Parce que je vais essayer de boucher l'accroc à ta couverture, répondit-il. Est-ce qu'on peut sortir d'ici d'une manière discrète ?

— Par le fond du couloir. Il y a une petite porte qui donne directement sur le garage.

Bolan alla entrebâiller la porte et vérifia que la voie était libre. L'instant d'après, il avait quitté la chambre aussi silencieusement qu'une ombre. Il avait à accomplir un petit travail rapide avant de continuer son plan. Toby Ranger était la dernière personne qu'il s'était attendu à rencontrer dans ces lieux. C'était un élément nouveau dont il lui fallait tenir compte pour déclencher son attaque finale. Car, en aucun cas il n'envisageait de l'exposer ni même de lui faire courir le moindre risque.

CHAPITRE XI

Natale Tramunti grimpait l'escalier en s'épongeant le front avec son mouchoir. Salfati était à son côté.

— Putain de chaleur! grogna le boss.

Il marcha rapidement jusqu'à la porte de son bureau, l'ouvrit hargneusement. Il fit quelques pas et s'arrêta net en découvrant le cadavre de son garde du corps dont la tête énuclée baignait dans une mare de sang. Salfati qui le suivait buta contre lui.

— Nom de!...

La voix du *capo* se cassa. Il ouvrit des yeux démesurément grands, ferma ensuite les paupières et émit un feulement de rage.

— Bob! cracha-t-il sans se retourner. Appelle immédiatement des hommes... Non, attends.

Sans le moindre égard pour le cadavre, il l'enjamba pour se précipiter vers les documents et le livre de comptes qu'il entassa et replaça vivement dans le coffre. Il en ferma la porte épaisse et brouilla la combinaison.

— Quel est l'enculé qui...

Sa rage l'étrangla. Il se tourna vers Salfati, les yeux fous, et hurla :

— Eh ben, merde ! Qu'est-ce que t'attends ? Je veux les chefs d'équipe ici tout de suite !

Salfati quitta précipitamment la pièce et dévala l'escalier. Deux minutes plus tard, Max Charley et Alberto Flora arrivèrent sur ses talons dans le bureau. Ils regardèrent fixement la scène macabre, les traits tendus, silencieux.

— Alors ? Faut vous faire un dessin ? beugla Tramunti.

Il fit un effort pour retrouver son calme, tapota son poing droit contre sa main gauche.

— Quelqu'un est venu ici, expliqua-t-il d'une voix basse. Un sale fumier de merde est venu fouiller dans mon bureau ! Et... et...

Sa voix passa subitement au suraigu :

— Et il a tué Vito. Il a tué Vito, putain !

Il demeura ensuite silencieux, tournant sur lui-même et inspectant la pièce du regard comme s'il avait la conviction d'y découvrir le coupable. Max Charley suggéra prudemment :

— Sauf votre respect, monsieur, je ne vois

pas ce que quelqu'un aurait pris chez vous. Le coffre n'est pas ouvert... Et on peut se demander aussi ce que Vito faisait ici.

Les yeux de Tramunti s'allumèrent d'une lueur de folie.

— Ta gueule, espèce de petit trou du cul ! T'as pas le droit de parler comme ça de Vito. Vito était un mec bien. Et il est mort. Il est mort, t'entends ?

Il s'approcha du cadavre qu'il tenta de retourner du bout du pied dans une réaction incompréhensible pour les hommes présents.

— Il ne bouge plus. Vito est mort !

Et il se frappa le front de son poing en sanglotant.

— Putain ! Mais putain, c'est pas vrai ! Le seul mec en qui j'avais confiance dans cette merde de baraque...

Max Charley nota la grimace désabusée de Salfati qui s'adressa ensuite à son patron en oubliant de le vouvoyer.

— Ecoute, Nat. Je...

Tramunti se retourna d'un bloc comme s'il s'était adossé contre un cactus :

— Ta gueule, toi aussi ! J'ai rien à écouter ! C'est vous qu'allez m'écouter... Je veux qu'on me retrouve l'enfoiré qu'est venu ici et qu'a fait le coup. Démerdez-vous, retournez-moi toute la baraque s'il le faut, mais trouvez-le-moi.

— Ça ne va pas être coton, objecta Alberto

Flora. On n'a aucun point de départ. Et si on commence à suspecter les hommes...

— T'as rien compris ? J'ai dit qu'il avait piqué des documents dans mon bureau. Cherchez partout ! Foutez tout le monde à poil, mais ramenez-moi l'ordure.

Max Charley faillit rétorquer que le boss n'avait rien dit du tout au sujet des documents, mais il se retint de justesse. Ce n'était vraiment pas le moment de contrarier « monsieur Nat ».

Salfati se tourna vers les chefs d'équipe :

— Renseignez-vous, il faut savoir qui était dans la maison pendant l'absence du patron... Allez-y, magnez-vous !

Les deux hommes disparurent. On entendit leurs pas précipités dans le couloir.

Tramunti s'assit d'une fesse sur le bord de son bureau et, la tête dans les mains, crachota une nouvelle bordée d'injures.

— Y manquait plus que ça ! Mais comment ça a pu... Comment Vito a pu se faire descendre comme ça ? C'était pas un rigolo.

Il se leva, commença à tourner en rond sous l'œil désolé de Salfati qui cherchait des mots pour le calmer. Quelques instants plus tard, il s'immobilisa devant le corps de Vito qu'il fixa comme s'il s'attendait à ce qu'il lui dise qui avait fait le coup.

— Qui c'est qu'est venu ? Hein ? marmonna-t-il, sa voix sautant abruptement du grave à l'aigu. Qui c'est ? répéta-t-il. T'as pas fait ton boulot, hein, Vito ?

Dans une impulsion démentielle, il cracha sur le cadavre à l'instant précis où Charley réapparaissait dans le bureau. Le chef d'équipe eut une moue d'indignation et regarda Salfati, puis il baissa les yeux.

— Alors ? éructa le *capo.*

— Eh bien, patron... Y avait presque personne, à part M. Mark et mademoiselle Charlene.

— T'es sûr ? fit Tramunti, férocement.

— Je vous assure, monsieur. Y avait qu'eux.

— Tu vas redescendre tout de suite et interroger tout le monde, intervint Salfati. Fais aussi fouiller toutes les pièces de la maison.

— Y compris celle de mademoiselle Charlene ? s'étonna le chef d'équipe en quêtant une approbation sur la bouche de Tramunti.

Ce fut encore Salfati qui prit la décision :

— Ouais, Max. Même celle-là. Il ne doit pas y avoir de différence. Aie quand même des égards. Explique-lui que nous cherchons un salaud qui aurait pu planquer quelque chose chez elle pendant son absence.

— Mais elle n'est pas sortie...

— Alors, dis-lui n'importe quoi ! s'emporta Salfati.

L'autre acquiesça et disparut. Il dévala l'escalier et faillit buter contre Matt Douglas qui montait le perron.

— Excusez-moi, fit-il en faisant un écart.

Bolan le retint par un bras.

— Qu'est-ce qui se passe ? interrogea-t-il. Y a le feu à la baraque ?

— Presque. Un sale coup est arrivé au patron.

— Si tu m'expliquais un peu, Max ?

Charley dansa d'un pied sur l'autre, se jeta finalement à l'eau :

— On a descendu Vito dans son bureau.

Bolan prit un air indigné et entraîna le petit mafioso à l'écart.

— On sait qui a fait ça ? demanda-t-il en baissant la voix.

— On va chercher partout. M. Nat est fou de rage.

— Fou de rage, tu dis ? C'est plutôt drôle, ça.

— Je ne vois pas ce qu'il y a de drôle là-dedans.

— Tu peux pas comprendre pour l'instant. Dis-moi, de qui tu dépends ? Corley ? Salfati ?

— Oh non ! Je suis avec Chiesa.

Bolan avait remarqué la spontanéité avec laquelle Charley lui avait répondu. A priori, il ne portait pas Corley et Salfati dans son cœur. Et il avait appris que les deux hommes, par contre, étaient particulièrement bien vus du boss. Ce dernier les avait d'ailleurs « importés » de la côte Est quand il était venu s'établir à Dallas.

— Ça m'ennuie un peu pour toi, dit-il sur un ton de confidence.

— Pourquoi ?

Il lui fit accomplir quelques pas vers l'extrémité de la maison.

— Parce qu'il faudra bien qu'on trouve un coupable. Et certaines choses laissent à penser qu'il est déjà tout désigné.

— Vous ne voulez quand même pas dire que...

— J'ai dit seulement qu'il se pourrait qu'il soit déjà désigné. Tu comprends, Max...

Le chef d'équipe resta silencieux, perdu dans des pensées qui, à voir sa mine, n'avaient rien de réjouissant.

Bolan enchaîna :

— Je ne peux pas t'en dire plus, il y a de gros intérêts en jeu et moi-même, ainsi que mes amis, là-bas, nous n'avons encore vraiment aucune certitude. Mais il se pourrait que tout s'éclaircisse d'un seul coup.

Il désigna le ciel de la tête.

— Tu vois, ces putains de nuages. Ils ne vont pas traîner à nous dégringoler dessus. J'ai comme l'impression qu'on va avoir une sacrée merde d'orage. Tu vois ce que je veux dire ?

Charley ne voyait pas vraiment. Tout ce qu'il

comprenait, c'était que la situation à Dallas se compliquait d'instant en instant et qu'une sale odeur se dégageait de tout ça. Il répondit pourtant :

— Ouais, j' vois. Mais qu'est-ce que Paolo...

— Paolo Chiesa est ton patron, Max. A un certain moment, il faut savoir de quel bord on est, c'est une question de sécurité. Quand je t'ai vu à l'entrée, j'ai pensé que tu es un mec bien. C'est pour ça qu'on discute, maintenant. Autrement, j'en aurais rien à foutre. Mais ça me fait mal au ventre que des mecs bien se fassent manipuler et qu'on se foute ouvertement de leur gueule. Je t'ai rien dit, Max. Mais fais gaffe. Ouvre tes antennes et fais travailler tes méninges. Tu auras peut-être une confirmation dans pas si longtemps que ça.

Charley allait poser une question quand une Ford grise s'annonça et stoppa sur le parking. Deux types en descendirent. Le passager était un mafioso. Bolan l'avait déjà aperçu dans le parc ; il jouait vraisemblablement le rôle d'accompagnateur. L'autre était une armoire à glace avec une tête énorme presque chauve sur le dessus et de petits yeux inquisiteurs.

— Qui est ce gros type ? fit Bolan.

— C'est Moss.

— John Mossley ?

— Ouais.

Le chef de la police. Il n'y avait plus à

émettre d'hypothèses quant aux moyens de renseignements dont disposait Tramunti, ni à la façon qu'il comptait faire intervenir pour se protéger contre Bolan la Pute. Ce qui expliquait pourquoi les troupes restaient cantonnées dans la propriété. Dès le départ, l'Exécuteur l'avait deviné. Et c'était bien ainsi. Que la Mafia reste frileusement rassemblée dans les lieux. Le dernier acte sur la scène de Dallas n'en serait que plus facile à jouer.

Mais l'heure n'était pas encore venue de mettre le feu aux poudres.

— Fais gaffe, dit-il encore au petit mafioso. S'il se passe ce que je crains...

Il le planta à l'angle de la bâtisse et s'éloigna vers sa voiture. Roberto Salfati apparut à l'entrée alors qu'il lançait le moteur. Bolan ouvrit sa glace et l'appela :

— T'as une seconde, Bob ?

Le *soto-capo* s'approcha de la portière.

— Je viens d'apprendre qu'il y a eu du grabuge, là-haut.

— On a les choses en main, rétorqua Salfati.

— J'espère. Quelqu'un a une idée de celui qui a fait cette saloperie ?

— P't'être bien, ouais. Tu devrais rester en dehors de ça, hein, heu... Doug !

— C'est Nat qui le dit, ou c'est toi ?

L'autre ignora la question, fit une petite grimace désagréable et rétorqua :

— Où tu vas ?

— Faire un tour dehors. Je veux savoir si tout est correctement en place.

— Tu devrais rester ici.

— Négatif, Bobby. T'as pas d'ordre à me donner.

— Alors, va te faire foutre.

Bolan lui ricana au visage.

— Je t'emmerde, répliqua-t-il tout en embrayant et en accélérant.

Il prit une allure modérée pour traverser l'allée en direction de la sortie, passa près de soldats qui le regardèrent avec une curiosité nuancée de respect, et s'arrêta devant la barrière électrique, qui s'ouvrit presque aussitôt.

A peine avait-il parcouru deux cents mètres sur la petite route desservant la propriété, qu'il nota la présence d'une voiture à moitié dissimulée sous des arbres. Un peu plus loin, il aperçut le capot d'un autre véhicule qui recula brusquement à l'abri d'un taillis, à son approche. Puis il devina divers mouvements à intervalles réguliers, de chaque côté de la route. Ceux-là n'étaient sans doute pas des mafiosi, mais des flics dans des véhicules banalisés.

Les flics de Moss.

CHAPITRE XII

Politicien Blancanales avait l'œil rivé sur le radio-téléphone de bord. Herman Schwarz était allongé sur une couchette et fumait une cigarette. Le char de guerre camouflé en mobil-home était en stationnement dans un chemin de traverse, en bordure de la route nationale.

Au bout d'un long moment de silence, Blancanales poussa un soupir et dit :

— Ce qui m'a toujours fichu les nerfs en vrille, c'est d'attendre. Attendre et attendre encore sans pouvoir faire quoi que ce soit. Il pourrait au moins donner de ses nouvelles.

— T'es pas le seul à te faire du mouron pour lui, répliqua Gadgets. Je sais qu'il se débrouille toujours comme un grand, mais le savoir en plein milieu des chacals...

— Jack est encore plus mal placé, tout seul aux commandes de son taxi.

— Oui. Je...

Soudain, le radio-téléphone fit entendre sa

tonalité musicale et Politicien bondit dessus, happant le combiné de sa main tendue.

— *C'est moi,* fit simplement la voix de Bolan.

— Bon Dieu ! On se demandait si les cannibales ne t'avaient pas déjà flanqué dans la marmite bouillante. Pourquoi n'as-tu pas utilisé le transceiver ?

— *Les gens avec qui j'étais se seraient posé des questions s'ils m'avaient vu sortir ce joujou de ma poche.*

— Où es-tu ?

— *En ville.*

— Tout s'est bien passé ?

— *Au poil jusqu'à maintenant. Il faudrait que Jack fasse un tour avec son taxi, dans mon secteur.*

— Une reconnaissance ?

— *Juste un ou deux passages. Qu'il regarde surtout ce qu'il y a autour de l'endroit. Je veux une certitude.*

— Pigé. Je l'appelle tout de suite.

— *J'aurai sans doute aussi besoin d'une diversion à partir de la base mobile. Mais pas maintenant, je te donnerai le feu vert.*

— O.K. Objectif ?

— *Prends le sixième nom sur la liste. Les coordonnées s'y trouvent aussi.*

Bolan voulait parler de Marcus Weissbaum. Sa villa se trouvait à environ cinq kilomètres de l'endroit où était stationné le mobil-home.

— Vu ! fit Blancanales. « W » comme Whisky. On neutralise ?

— *Suffisamment pour qu'il y ait du bruit. Vous décrochez immédiatement après et vous taillez la route jusqu'au point numéro 12. D'accord ?*

— Je te suis, *Stricker*. Après ?

— *Même chose au point 12. Pilonnage et décrochage immédiat.*

— Un harcèlement !

— *Harcèlement bidon et diversion. Ensuite, vous vous mettez en planque dans le secteur 20 et vous attendez.*

— O.K.

— *Bon, maintenant, passe la consigne à Jack. Je rappellerai dans cinquante minutes.*

La communication fut coupée. Blancanales grommela :

— J'espère qu'il sait exactement où il en est et ce qu'il fait.

— Moi, je me demande surtout comment il fait pour avoir les nerfs aussi solides, répliqua Gadgets. Parfois, je me demande même si ce mec a un système nerveux.

— Il joue avec celui des *amici*, rigola Politicien en manipulant la radio pour établir la liaison avec l'hélicoptère de Grimaldi.

*
**

Bolan gara la Cadillac contre sa Porsche, sur le parking du *Ramada Inn.* Il déverrouilla une portière du bolide bleu et en sortit un pistolet-mitrailleur mini-Uzi emmailloté dans un morceau de couverture, ainsi que plusieurs chargeurs de rechange et son AutoMag. Il emmaillota le tout dans sa combinaison de combat, puis dans une bâche en plastique qu'il ficela à l'aide d'un ceinturon, et plaça son baluchon sur le fauteuil passager de la Cadillac.

Dix minutes plus tard, il entra dans une cabine téléphonique et composa le numéro de téléphone de Nat Tramunti. Il était 18 h 45. Ce fut Bob Salfati qui répondit :

— Passe-moi Nat, demanda-t-il d'une voix pressée.

— Qui est-ce ?

— Douglas.

— Qu'est-ce que tu lui veux ? fit hargneusement le mafioso.

— J' t'ai demandé de me le passer, pas de te répandre en questions à la con.

Il y eut un court silence, puis le *capo* vint en ligne :

— Où est-ce que tu es ?

Bolan poussa un soupir excédé.

— Combien de questions de ce genre va-t-on me poser, merde ! Ecoute, faut que je t'avertisse. J'ai eu des informations. Ça paraît encore pire que ce qu'on pouvait imaginer.

— Comment ça ?

— Je préférerais te dire ça de vive voix, pas dans ce bidule.

— Qu'est-ce qu'il a, ce bidule ?

— Bon sang, j'essaie de te faire comprendre que ton téléphone n'est plus sûr ! Tu comprends ce que je te dis ? Y a peut-être un salaud en train de nous écouter en ce moment.

Tramunti resta un moment sans voix. Il se racla la gorge.

— Alors, essaye de me dire ça autrement, fit-il, le ton plein d'impatience.

— Bon. Ceux qui reniflent vers chez toi veulent te faire toucher le sol, Nat. Définitivement. Ils ont décidé de t'isoler, dans un premier temps, juste avant de te donner le coup de grâce. Ils doivent se douter qu'il y a une fuite chez eux, et c'est pourquoi ils ont essayé de faire en sorte que je ne puisse pas te rencontrer. Tu piges ?

— Ouais. Continue. Comment t'as été mis au courant ?

— C'est pas moi directement. Heureusement qu'on a des oreilles de l'autre côté. Seulement... ils savent qu'on a pu parler ensemble et ils ont décidé de brusquer les événements. De la troupe est déjà partie.

— De là-bas ? s'exclama le *capo*.

— Doux Jésus ! Qu'est-ce qu'il faut que je fasse pour me faire comprendre, Nat ? Je viens de te dire qu'ils envoient des mecs nombreux vers toi. Et pas pour te donner un coup de paluche, tu peux me croire.

Un juron fusa dans l'appareil.

— Les enfoirés ! cracha Tramunti. Tu peux au moins me dire qui ils sont ?

— Surtout pas maintenant. Tout ce que je peux te dire, c'est qu'ils savent qui tu es. Je veux dire, qui tu es réellement. Ils se sont servi de ça comme prétexte pour rallier des voix de leur côté, mais ce qui les intéresse, c'est évidemment la grosse galette.

Un nouveau silence passa, empreint de méfiance et de perplexité. Le *capo* grinça :

— Toi, tu savais, quand tu étais là-bas ? A mon sujet...

— Je viens de l'apprendre. Et ça me fait plutôt plaisir. J'avais de l'admiration pour « lui ». Des hommes comme lui, on n'en fait plus de nos jours, à part toi, sans doute, si tu réagis assez vite dans le bon sens. Sincèrement, je voudrais que tu t'en sortes, Nat. Ça me ferait de la peine que...

— Te casse pas ! ricana soudain le fils de Carmine Galente. Qu'ils viennent, ces salopards, et tu vas voir comment je vais les sortir à coups de pompes dans le cul de mon territoire. Et j'aurai aussi la peau des grosses enflures de la côte Est, ça j' te le jure ! Qu'est-ce qu'ils s'imaginent, ces endoffés ? Que je vais me laisser dépouiller aussi facilement ?

— Je te fais confiance, fit Bolan avec gravité. Il y a malheureusement autre chose. Contrairement à ce qu'on pensait tous les deux, il paraît que le connard en noir est dans le secteur...

— Hein ? Tu veux dire...

— Me fais pas répéter, Nat. C'est déjà vachement dangereux, cette conversation. Il se pourrait bien que le Fumier ait eu des renseignements par quelqu'un de chez nous et qu'il veuille profiter de la situation. Partout où il y a un début de merde, il essaye d'en tirer partie... Faut que je raccroche, maintenant, j'ai encore un coup de fil à passer en longue distance.

— Attends ! Quand rentres-tu ?

— Dès que j'aurai suffisamment d'informations, Nat. Au fait, j'allais oublier... T'es-tu renseigné d'où venait l'ordre donné à ces mecs, ce matin, ceux avec qui j'ai eu des ennuis ?

— Ça m'est sorti de la tête, admit Tramunti de mauvaise grâce.

— Cherche de ce côté. Tu trouveras peut-être en même temps celui qui s'est occupé de Vito.

— Qu'est-ce qui te fait penser ça ?

— C'est le petit oiseau de la côte Est qui me l'a suggéré. Il a certainement de bonnes raisons de penser comme ça.

— Je vais voir.

— Fais-le rapidement.

Bolan raccrocha avec un sourire de satisfaction. De grosses gouttes de pluie commencèrent à tomber quand il quitta la cabine. Il se hâta vers la Cadillac et démarra aussitôt en direction de Fort Worth. Ensuite, il piqua sur Benbrook Lake. Tout compte fait, il préférait tenir un dernier *briefing* avec ses amis dans le char de guerre, plutôt que d'échanger téléphoniquement des informations parcellaires et insuffisamment précises. Pour que son plan réussisse, la synchronisation devait être parfaite.

A 19 h 25, il arriva à proximité de la zone où le mobil-home était en attente. Il s'annonça à travers son talkie-walkie :

— Base Un, *Stricker* en approche.

— *Je t'ai sur mon écran, Stricker,* fit la voix de Blancanales.

Deux minutes plus tard, Bolan refermait la portière du véhicule de combat.

— Grimaldi vient juste d'appeler, annonça Blancanales. Je lui ai dit que tu étais en approche et que tu établirais la liaison avec lui.

L'Exécuteur brancha la radio et la voix du pilote crachota dans le haut-parleur :

— *Stricker ? Y a un gros déploiement d'effectif tout autour de la zone sensible. Des bleus, je crois.*

— Ça confirme mes informations, Oiseau de nuit, fit Bolan. Tu as pu te rendre compte du nombre ?

— *Au minimum douze unités mobiles. Mais il y en a sans doute qui sont trop bien planquées pour que j'aie pu les voir. Je suis encore en l'air. Qu'est-ce que je fais ?*

— Retour au point fixe et *stand-bye,* envoya Bolan.

Puis il coupa l'émission et se tourna vers ses amis.

— La diversion va devoir intervenir très peu de temps avant le final, annonça-t-il. Vous devrez jouer serré, avec un timing impeccable. On va refaire le point.

— La Mafia a appelé les flics au secours ? fit Gadgets.

— Tout juste. Bien que celui qui dirige les opérations soit vendu jusqu'à la moelle, il est hors de question d'engager le feu tant qu'ils seront là. Il faudra donc les déplacer.

— Et c'est là qu'on intervient ?

— Ouais.

Il leur expliqua avec précision ce qu'il attendait d'eux, leur indiqua des coordonnées sur une carte à très grande échelle, et confirma :

— Tout de suite après les manœuvres de diversion, vous rejoindrez le secteur 12 au point H-16. Attention, vous aurez moins d'une demi-heure pour y parvenir.

Il tira de sa poche le transceiver.

— Gadgets, quelle est la portée maximum de ce truc ?

— Une vingtaine de kilomètres en terrain dégagé. Moins s'il y a des mouvements de terrain ou des obstacles.

— Il faudra dire à Grimaldi qu'il se tienne à l'intérieur de cette limite. Dès que je vous enverrai le top, signalez-lui de décoller et qu'il passe sur ma fréquence. Pas de problème pour vous, vous serez à moins d'un kilomètre et demi de l'objectif. Prenez en compte les repères que j'ai tracés sur la carte, il faudra s'aligner dessus pour le tir des roquettes.

— Mack, je repense à mon idée de tout à l'heure, dit Gadgets. Pourquoi ne pas leur envoyer la pâtée depuis la position H-16 ? On en terminerait en un seul coup sans que tu sois obligé de retourner chez les chacals.

— Négatif. Vous n'auriez aucune chance de vous en tirer. Les bleus établiraient des barrages sur toutes les routes. Je veux seulement quelques coups au but et un repli immédiat. Et puis, il y a là-bas quelqu'un qu'il ne faut pas démolir.

— Tu as l'intention de ramener un *amici ?* s'étonna Politicien.

Il leur mentionna la présence de Toby Ranger dans le camp ennemi. Schwarz et Blancanales avaient entendu parler de la jeune femme, mais ils ne l'avaient jamais vue.

— C'est gonflé de sa part, apprécia Gadgets.

Bolan lui plaça dans la main l'appareil

photo miniature renfermant les clichés pris par Toby.

— S'il m'arrivait un pépin, faites parvenir ça à Brognola. Là-dedans, il trouvera non seulement l'explication de la magouille locale, mais aussi les noms de citoyens apparemment honnêtes qui collaborent avec la *Cosa Nostra*. Et n'oubliez pas : chaque coup balancé sur la dernière cible doit être calculé au mètre près. Pol, tu te débrouilleras avec l'ordinateur de tir ?

— J'ai eu tout le temps de me familiariser avec cette petite merveille.

— Bon. Pas de questions ?

— Non.

— Fais gaffe à tes os, grogna Schwarz d'une voix légèrement altérée.

Bolan leur adressa un petit signe d'amitié, puis quitta la base mobile. Il retournait dans la tanière pour affronter les loups en espérant qu'ils soient bientôt prêts à mordre et à se déchiqueter entre eux.

La pluie avait cessé. Ce n'était qu'une rémission avant l'orage. Et le vent commençait à souffler avec force.

CHAPITRE XIII

Les gros paquets de nuages sombres qui avaient envahi le ciel à basse altitude formaient comme une chape pesante au-dessus du paysage. La nuit allait survenir très vite. Déjà, la grande villa assise au milieu de l'immense parc commençait à se dissoudre dans la grisaille vaguement teintée de jaune qui imprégnait les lieux.

De place en place, des silhouettes aux contours imprécis témoignaient de la présence de soldats en armes que les chefs d'équipe avaient répartis régulièrement dans la propriété.

Quand Bolan se présenta à l'entrée, un garde s'approcha pour l'identifier. Il hocha la tête avec déférence et retourna dans sa guérite pour actionner l'ouverture électrique.

L'Exécuteur s'était suffisamment montré pour qu'à présent tout le monde le reconnaisse en tant que Matt Douglas. Il fit rouler tranquillement la Cadillac dans l'allée de graviers, fit descendre sa vitre et, lorsqu'il eut la certitude d'être hors de portée des regards indiscrets, projeta au milieu d'un bouquet d'arbres le paquet contenant ses armes et son harnachement de combat. Des broussailles l'absorbèrent aussitôt, mais il prit soin de noter mentalement un point de repère.

Il était 21 h 15. Vingt minutes auparavant, il avait donné par radio le top à Blancanales et Schwarz pour entamer la première diversion. Si leur timing était correct, le char de guerre n'était plus maintenant qu'à sept minutes de l'objectif numéro Un. Trois minutes encore leur seraient nécessaires pour réaliser un pointage balistique et régler le tir pour un coup au but. Quinze minutes plus tard, ils s'en prendraient à un entrepôt où Tramunti stockait d'innocentes marchandises servant à camoufler de la drogue en provenance du Mexique. Bolan eut une pensée émue pour Toby Ranger que Brognola avait lancée sur la filière de Dallas en s'imaginant n'avoir à faire qu'à un classique trafic de stupéfiants. La présence de la jeune femme constituait un handicap certain pour l'Exécuteur. Il ne pouvait évidemment l'abandonner sur place quand il commencerait à ouvrir les hostilités. Et la savoir exposée au feu ennemi n'était pas spécialement fait pour lui plaire.

Soudain, la pluie recommença à tomber,

d'abord en de grosses gouttes éparpillées qui claquèrent sur la carrosserie ; puis un véritable déluge s'abattit, crépitant et noyant l'espace autour de lui. Maintenant toujours à une allure régulière, Bolan conduisit jusqu'à la villa, stoppa devant la façade et, à l'instant où il allait couper le moteur, aperçut une silhouette qui courait dans sa direction. Le visage de Max Charley se colla contre sa vitre.

Bolan déverrouilla la portière de droite. Le petit mafioso s'inséra dans l'habitacle, dégoulinant d'eau et les cheveux collés sur le front.

— Je peux vous parler, monsieur ?

Bolan embraya, fit rouler la Cadillac pour s'éloigner dans une allée de traverse.

— Vas-y, acquiesça-t-il en freinant doucement lorsque la maison eut disparu derrière la muraille liquide. Et laisse tomber le protocole, Charley. On est tous en ce moment dans un drôle de bain. Je voulais justement te voir.

Le petit truand se frotta le visage, renifla.

— Il s'est passé quelque chose de grave pendant votre absence... C'est au sujet de Chiesa. Ils l'accusent d'être un traître...

— Raconte-moi ça.

— D'après ce que j'ai cru comprendre, ils auraient une information. Déjà qu'ils fouillaient partout avec l'air de croire que tout le monde a fait caca dans la chambre du patron... Enfin, bref, il paraît qu'ils ont trouvé quelque chose de pas catholique dans la voiture de Paolo. On parle de documents qui auraient été piqués dans le bureau de M. Nat.

— Dans la voiture de Paolo ? s'étonna Bolan qui savait exactement de quoi il s'agissait.

— Oui. C'est Salfati qui a pris l'initiative. Des gars à lui ont coincé Paolo en douce et l'ont emmené dans la baraque. Ils ont interdit à mes hommes et à moi-même de s'en approcher. Mais j'ai quand même surpris une conversation entre Salfati et Tommy Salandra. Salandra, c'est un de ses chefs d'équipe. Il lui disait comme ça que tout traînait trop et qu'il était temps de s'occuper de ceux qui marchent à côté de leurs pompes. Il a dit aussi que Tramunti était devenu dingue et qu'il commençait à être dangereux.

— Qui ? Salandra ?

— Non, c'est Salfati qui parlait. Il a ajouté qu'il y aurait bientôt un gros coup de chambard et qu'il montrerait à tous qui est le véritable patron.

— Tu es sûr ?

— J'ai bien entendu.

Bolan prit un air songeur.

— Tu te souviens de ce que je t'ai dit, Charley ?

— Oui monsieur. C'est pour ça que j'ai voulu vous parler.

— Appelle-moi Matt.

— D'accord, heu, Matt.

— Dis-moi... Tu as connu le vieux Joe ?

— Et comment ! En ce temps-là, c'était autre chose. On avait le respect des hommes et y avait pas tant de micmac auquel personne ne comprend rien.

— Tu étais avec Joe, hein ?

— Ouais. Depuis quatre ans.

— Et tu n'as jamais cherché à savoir pourquoi exactement il est mort ?

— Ben, on nous a dit qu'un petit salaud lui avait...

Bolan soupira :

— C'est un peu léger, non ? Je suppose que Tramunti est arrivé tout de suite après ?

— Trois jours plus tard. J'ai su que la *Commissione* avait repris aussitôt les affaires en main pour pas que les affaires tombent à l'eau.

— Hé oui ! ricana Bolan.

Il se tourna vers Max Charley, le fixa dans les yeux en grimaçant.

— Ils ont liquidé Joe Buscetta, Charley. Je vais te faire une confidence... Et tâche de fermer ta gueule après ce que je t'aurai dit, ce serait pas bon pour ta santé qu'on sache que tu es au courant. Ni ici, ni là-bas. Tu comprends ?

— Pour sûr !

— Nat Tramunti est le bâtard de Galènte.

Le mafioso mit plusieurs secondes à digérer l'information.

— Carmine Galente ? s'exclama-t-il enfin. Cette vieille salope qui avait trahi tout le monde et qui s'est fait dessouder à Brooklyn ?

— Ouais. Et pour Joe, ça a été un vieux règlement de compte. Tu y es ?

— J' crois bien.

— Un règlement de compte que certains *amici* de New York ont utilisé à travers Tramunti pour prendre le pouvoir à Dallas.

— Putain ! Je m'en étais vaguement douté. Mais je pouvais pas croire à une saloperie pareille.

— Et maintenant, ils ont décidé de continuer sur la lancée, poursuivit Bolan.

— Une purge ? Ils veulent liquider ceux qui étaient avec Joe ?

— Y a pas l'ombre d'un doute, Charley. Tu as parlé d'une information qu'ils auraient reçue, tout à l'heure. Quelqu'un leur a téléphoné pour les avertir que Paolo Chiesa venait d'être mis au courant.

— Pour ce qui est arrivé à Joe ?

— Exact. C'est d'ailleurs Paolo qui a attiré notre attention, il y a quelques jours. Il suspectait la grosse merde. Il ne t'en a jamais rien dit ?

— Je ne suis qu'un chef d'équipe.

— Maintenant, tu sais.

— Mais, pour Vito ? jeta précipitamment Max Charley.

— Nat l'a fait liquider lui aussi parce qu'il en savait un peu trop.

— Mais c'était son garde du corps !

— C'était aussi un mec qu'encaisse pas les dégueulasseries comme celle-là. Tu pourras demander à Paolo quels étaient ses arrangements avec Vito.

— Oh, bon Dieu !

— Nat est un dingue, précisa Bolan. Un type rusé et intelligent, mais un dingue malgré tout. Il a la manie de la persécution. Il s'est mis dans la tête que ses protecteurs du Grand Conseil veulent maintenant lui retirer son gâteau. Alors, il a décidé de faire place nette et de ne plus avoir autour de lui que des mecs qui lui sont tout dévoués. Tu vois de qui je veux parler ?

— Ouais. Ouais. J' suis sûr qu'il est pas normal. J' l'ai vu cracher sur le corps de ce pauvre Vito. Et il a insulté plusieurs de mes hommes.

Bolan alluma une cigarette, en offrit une au petit truand qui piocha dans le paquet d'une main nerveuse et demanda après un temps de réflexion :

— Comment ça doit se passer, cette enculerie ?

Bolan prit le temps d'allumer sa cigarette, présenta la flamme de son briquet à Max Charley.

— Le coup est vachement astucieux, expliqua-t-il. Nat et ses salauds ont fait courir le bruit que Bolan est dans le coin et qu'il s'apprête à venir bouffer de l'*amici*. T'en as forcément entendu parler ?

— Oui, confirma le mafioso. Mais on nous a dit de pas ébruiter la nouvelle pour éviter de paniquer les hommes. C'est un coup bidon, hein ?

— Evidemment que c'est un coup bidon.

— Ils vont utiliser cette astuce pour essayer de liquider ceux qui ne sont pas dans la combine...

— Ça me fait plaisir que tu commences à voir juste, Charley. C'est bien ce qu'ils ont décidé.

— Et ils s'en tireront les mains propres.

Bolan se tut, laissant l'autre cogiter. Le nouveau concept de la situation avait fait son chemin dans le cerveau de Max Charley qui demanda brusquement :

— J'ai entendu dire qu'on a tenté de vous balancer dans le décor, ce matin.

— C'est pas seulement un bruit. Mais le coup a raté et les deux endoffés ont piqué un petit roupillon définitif. J'ai pas besoin de te faire un dessin sur ce qui a poussé Nat à prendre cette décision.

— C'est clair. Ouais.

— Bon. Il faut que je te laisse, Charley, je veux pas donner l'éveil avant que tout soit prêt pour leur foutre leur pourriture en pleine gueule. Est-ce que les vrais amis du Conseil peuvent compter sur toi ?

— Ça me ferait mal au ventre que vous en doutiez, Matt. Après ce que j'ai appris... Le moment est venu de montrer de quel bord je suis, hein ?

— Tu viens de dire ce qu'il fallait. Sois certain qu'on t'oubliera pas en haut lieu.

— Je vais prévenir mes gars et ceux de Flora. On sera près d'une trentaine en tout. Comment saura-t-on qu'il faut faire quelque chose ?

— Tu ne pourras pas te tromper, assura Bolan. Quand le moment sera venu, tu le sauras automatiquement. Il y aura comme un signal. Alors, ce sera à toi de jouer.

Il désigna le talkie-walkie que le chef d'équipe portait en bandoulière.

— Sur quelle fréquence fonctionne cette radio ?

Charley la lui indiqua.

— Casse-toi, maintenant, je vais aller essayer de tirer ton patron du merdier.

— Merci, fit le petit mafioso en s'éjectant du véhicule sous le déluge de la pluie crépitante.

— Y a vraiment pas de quoi, grommela Bolan en le regardant disparaître dans l'océan vomi par le ciel.

Il dirigea lentement la Cadillac vers le garage, s'inséra entre une Oldsmobile et la

Rolls de Tramunti et coupa le contact. Un type en chemise, manches retroussées sur ses avant-bras musculeux et portant un revolver dans un holster d'épaule, était en faction devant la luxueuse voiture blanche. Bolan s'en approcha avec décontraction et sourit :

— Putain de temps, hein ?

— Oui, monsieur, rétorqua l'autre.

— T'as du pot d'être à l'abri.

— Ça, oui, vous pouvez le dire !

D'un geste désinvolte, Bolan fit sauter son trousseau de clés dans sa main.

— C'est Nat qui t'a demandé de veiller sur son bijou ?

— C'est M. Bob.

— Ouvre l'œil. Il se pourrait bien qu'il y ait des emmerdes, cette nuit, conseilla Bolan en faisant un pas en avant comme pour le contourner.

A cet instant, un coup de tonnerre claqua, roulant pendant plusieurs secondes à l'infini.

— Hé ! T'as entendu ?

— C'était le tonnerre, répondit l'autre avec un petit haussement d'épaules évident.

— Y avait comme un autre bruit en même temps...

Instinctivement, le garde se tourna vers la double porte métallique d'accès au garage. Bolan avait déjà assujetti sa dague de combat dans sa main. Son bras gauche s'enroula autour du cou du mafioso et la lame d'acier de dix-sept centimètres pénétra avec force dans ses reins, remontant en oblique vers le cœur. Il dut s'arc-bouter pour maintenir contre lui le corps agité de soubresauts, attendit encore un peu que la mort ait fait son œuvre, puis retira sèchement la dague. L'instant d'après, il recueillit le cadavre sur son épaule, s'achemina entre plusieurs véhicules et choisit une Chevrolet dont le coffre s'ouvrit à la première sollicitation. Il y déposa sa victime. Les clés étaient sur le tableau de bord. Il lança le moteur, accélérant juste ce qu'il fallait, et sortit.

La nuit était déjà complètement tombée. Avec les trombes liquides qui s'abattaient dans le parc, il courait peu de risques de rencontrer quelqu'un et, même si c'était le cas, de se faire reconnaître. L'orage servait son plan.

Il n'alla pas bien loin. Avisant la masse sombre d'un bosquet, il s'arrêta tout contre et entreprit d'y transporter le cadavre du mafioso qui, de toute évidence, ne serait pas découvert de sitôt. Puis il fit parcourir le chemin inverse à la Chevrolet, la laissa sur un emplacement contigu au garage dans lequel il s'introduisit à nouveau. Ce qu'il avait à faire, à présent, ne nécessitait que quelques minutes. Il s'empara d'une pince coupante sur un établi et alla sectionner les deux canalisations d'arrivée de lockheed sur le circuit de freins, à l'avant de la

Rolls. Il remit l'outil en place, jeta un coup d'œil aux deux taches huileuses qui commençaient à s'épanouir sous la caisse blanche avant de disparaître.

C'était un coup grossier, il le savait, et, en se creusant un peu la cervelle, les *amici* ne manqueraient pas d'orienter leurs soupçons dans sa direction. Encore faudrait-il qu'ils aient le temps de faire fonctionner positivement leurs méninges. Ce que l'Exécuteur n'avait pas l'intention de leur accorder.

A partir de maintenant, les minutes et les secondes allaient s'enchaîner très vite les unes aux autres. Le glas allait bientôt sonner.

CHAPITRE XIV

Ça ressemblait à une conférence hâtivement improvisée. L'atmosphère était empuantie par la fumée de trop nombreuses cigarettes. Il y avait Bob Salfati, Marcus Weissbaum, Alberto Corley, assis à une table rectangulaire. Et naturellement « Monsieur Nat » qui présidait à une extrémité. Son fils, Jack, était présent également. Mais on ne l'avait pas autorisé à s'asseoir parmi les personnages importants de Dallas. Il se tenait debout près de la porte d'entrée et paraissait remplacer Vito dans le rôle de garde du corps.

Ils s'étaient rassemblés dans la grande salle où Jack Tramunti avait fait attendre Bolan avant de l'introduire dans le bureau du boss, à son arrivée. Une mesure de prudence, pour éviter une éventuelle écoute, malgré les vérifications que Salfati avait faites dans le bureau.

Tramunti discutait âprement avec Corley quand deux coups furent frappés à la porte. Un soldat apparut et dit quelques mots à Jack Tramunti qui acquiesça et annonça :

— C'est Douglas. Il vient d'arriver.

Nat fit un signe de consentement de la tête et son fils ouvrit la porte en grand, laissant apparaître la haute silhouette de Bolan-Douglas.

Le *capo* adressa un regard plein de sous-entendus à l'arrivant, puis baissa les paupières et fit doucement tourner le verre de grappa disposé devant lui.

— On t'attendait plus tôt, Matt. Beaucoup plus tôt.

Bolan alla s'asseoir sur l'accoudoir d'un fauteuil, près de Bob Salfati.

— J'ai travaillé pour toi, Nat, annonça-t-il.

— Ah oui ?

— J'ai dû passer beaucoup de temps à attendre des réponses de l'Est.

— Pourquoi est-ce que t'es pas resté ici pour balancer tes coups de fil ?

— J'aime bien ton humour, dit Bolan qui alluma une cigarette et souffla sa fumée en direction de Bob Salfati.

Il sentait que le *capo* préparait quelque chose à son intention, ajouta aussitôt :

— On a de sérieux problèmes sur les bras. Et pas seulement ceux qu'on connaît déjà.

— Ouais, c'est aussi mon avis, fit le boss. Bob a pensé comme ça qu'il y a surtout des problèmes depuis que tu es arrivé dans cette maison. Qu'est-ce que tu en penses ?

— On ne m'aurait pas envoyé sur place si tout allait bien. Je ne suis pas venu seulement pour contrôler les affaires courantes et tu le sais très bien.

— Tu me l'as dit, ouais. Mais Bob a eu aussi une drôle d'idée qui lui a traversé la tête. Il s'est demandé un instant si tu ne serais pas Bolan.

Bolan émit un ricanement. Il regarda tour à tour les hommes assis en face de lui et laissa tomber :

— Marrant comme idée. Ce serait une sale blague, non ?

Weissbaum hennit un petit rire qui s'étrangla immédiatement quand Tramunti lui jeta un regard dur.

— C'est tout ? demanda Bolan.

— D'accord, c'est un peu con comme idée. Nous sommes tous plus ou moins sur les nerfs depuis ce matin. Mais on s'est posé des questions à partir de là.

La voix du *capo* se fit embarrassée.

— Suppose un instant qu'on nous ait pas envoyé le bon pion et que tu sois pas vraiment de notre bord. Tu as un moyen de nous apporter une preuve, Matt ?

Dans la salle, la tension était montée de plusieurs crans d'un seul coup. Tous les yeux étaient braqués sur « l'ambassadeur de Manhattan ». Bolan haussa les épaules.

— Je pensais que tout était clair entre nous.

— Ça m'emmerde vraiment de devoir te faire ça, enchaîna Tramunti, mais j'ai besoin d'être sûr. Appeler la côte Est est dangereux. Alors, il y a une autre solution. Bob a fait venir de la ville quelqu'un qui te connaît. Un gars qui t'a rencontré quand il était à New York. Ça t'ennuie qu'on le fasse venir ?

— Ça fait toujours plaisir de saluer une vieille connaissance, rétorqua Bolan. C'est Bob qui a eu cette idée, hein ?

Le *capo* hocha la tête et claqua des doigts à l'intention de son fils.

— Va me le chercher, Jack !

Une minute plus tard, Jack poussa devant lui un individu malingre, au visage chafoin, qui s'arrêta au milieu de la salle avec un air de ne rien comprendre à ce qu'on attendait de lui. Bolan ne l'avait jamais vu.

— Tu peux dire bonjour à Matt, fit Tramunti, désignant Bolan de la tête.

Le type darda un regard craintif, se balança à droite et à gauche et laissa finalement tomber :

— Je le connais pas.

— C'est Matt Douglas ou c'est pas lui ? cracha Tramunti. Réponds clairement.

— Ben... Je l'ai jamais vu. Je crois pas que c'est M. Douglas.

Bolan frémit intérieurement mais il n'en laissa rien paraître. Il eut un sourire dédaigneux en direction de Salfati.

— Ton connard n'a pas l'air très sûr de lui, Bob. Combien tu lui as filé pour jouer les faux jetons ?

— Je t'interdis !... aboya Salfati.

— T'as rien à interdire. Tu as joué ton dernier atout et il ne vaut pas un pet de lapin. Vraiment, tu me déçois, je pensais que ça aurait été plus difficile que ça de te mettre le nez dans ta merde.

— Qu'est-ce que tu veux dire ? grogna le *capo* en se levant à moitié de son fauteuil.

— Que tu es entouré par des traîtres, Nat. Et qu'ils ne sont pas exactement ceux auxquels tu penses. Il t'a bien manœuvré, le salaud. Et tu as foncé tête baissée dans son baratin merdique. Maintenant, tu vas m'écouter. Tu vas demander qu'on aille chercher Max Charley, dehors. Il a quelque chose à te dire au sujet de cette merde.

— Ne l'écoute pas ! fit Salfati.

— Ne m'écoute pas, singea Bolan. Ecoute cette bonne âme qui va bientôt te mettre le pied sur la tête pour bien t'enfoncer dans la boue.

— T'as l'air sûr de toi !

— Je suis sûr que ce mec t'a déjà donné le baiser de Judas.

Tramunti se prit le visage à deux mains. Il

poussa un soupir qui ressembla à une bourrasque, releva la tête.

— Jack ! Qu'on amène ce Charley. Tout de suite.

Il y eut un conciliabule par la porte entrebâillée. Bolan en profita pour renforcer sa position :

— Tu peux me dire ce que Bob a fait pour toi aujourd'hui, Nat ? De quelle façon il a fait son boulot ?

Ce fut Salfati lui-même qui répondit avec hargne :

— J'ai fait tout ce que j'avais à faire, mec. J'ai aussi découvert qu'un salopard avait planqué dans sa tire des papiers qu'il avait piqués dans le bureau du patron après avoir tué ce pauvre Vito et...

Bolan le coupa par un ricanement méprisant :

— Pauvre con ! C'est moi qui ai passé l'information à Nat. Tu ne pouvais pas faire autrement que de donner ton copain pour te couvrir. Tu crois encore qu'on va gober tes salades ? T'as de l'espoir, mec !

Il se tourna vers Tramunti :

— C'était Chiesa, hein ?

— Ouais, admit le *capo*.

— Ils ont partie liée ensemble. On en reparlera tout à l'heure. Apprête-toi à pas mal de surprises, Nat. Je t'avais dit qu'on finirait par y voir clair. Alors, comme ça, Bob a fait du bon boulot ici...

Il jeta un coup d'œil ironique au *soto-capo.*

— Tu t'es sans doute occupé de faire renforcer le service de sécurité. C'est bizarre, je ne m'en suis pas tellement aperçu. J'ai pas vu grand monde devant la maison et encore moins dans le garage.

— Tu m'avais dit que tu faisais surveiller ma bagnole, coassa Tramunti.

— Ouais. J'ai fait placer quelqu'un.

Le sourire de Bolan s'accentua.

— J'ai vu personne au garage, Nat. N'importe qui pourrait s'y introduire et foutre le feu ou faire péter les caisses. On aurait bonne mine s'il fallait se casser en vitesse d'ici.

— Quoi ?

— Fais vérifier.

Cette fois, le boss alla lui-même à la porte d'entrée. On l'entendit brailler un appel, puis donner des ordres à un soldat.

Le silence s'était fait dans la salle. Salfati s'était enfermé dans un mutisme hautain, comme s'il était sûr que la lumière allait être faite et que les odieuses accusations portées contre lui tomberaient d'un coup. Weissbaum observait tour à tour Bolan et Salfati avec l'air de compter secrètement les points. Corley, lui, restait dans une prudente réserve.

L'Exécuteur tira une bouffée de sa cigarette

et se retourna vers Jack le gosse qui braquait un regard haineux sur Salfati. Il était visible que le rejeton du grand chef ne le portait pas dans son cœur, pour le moins.

Bientôt, des pas retentirent et Max Charley fut introduit dans la salle. Tramunti avait repris place dans son fauteuil.

— Approche-toi, Max.

Il répéta sur un ton doucereux :

— Approche-toi. Il paraît que tu as quelque chose à dire au sujet de M. Bob. On t'écoute.

Max Charley considéra l'assemblée avec méfiance. Son regard tomba ensuite sur Douglas-Bolan qui hocha gravement la tête :

— Vas-y, Charley. Raconte ce que tu m'as dit tout à l'heure, quand tu as entendu la conversation entre Bob et Salandra.

Le chef d'équipe fronça les sourcils, demanda :

— Il faut vraiment que je...

— Oui, Charley. C'est très important, l'encouragea Bolan.

— D'accord. J'ai entendu ce type...

Il pointa l'index sur Salfati.

— ... qui disait à Salandra que les choses traînaient trop, qu'il était grand temps de s'occuper de ceux qui ne marchent pas dans le bon sens. Il a précisé qu'un coup était en préparation et que tout le monde saurait bientôt qui est le vrai patron. Il a aussi dit... que...

que M. Nat était devenu dangereux. Je crois que c'est à peu près tout.

Pour Bolan, c'était largement suffisant.

— O.K., apprécia-t-il. On te remercie, Charley, tu peux y aller.

Il lui fit discrètement un clin d'œil et le chef d'équipe quitta la pièce. Il fut presque bousculé par un soldat qui fit son apparition et commença à débiter des explications précipitées à Jack Tramunti.

— C'est à moi que tu dois parler, *païsano,* aboya le *capo* en forçant sur l'accent sicilien.

Le type était trempé dcs pieds à la tête et cherchait encore son souffle.

— Y a personne au garage, monsieur. Mais quelqu'un a traficoté votre voiture. Il... Le circuit de freinage pisse de l'huile...

— Qu'est-ce que tu dis ?

— On a sectionné les conduites avec une tenaille, c'est visible, j'ai bien regardé.

D'un geste, Tramunti congédia le soldat. Un court instant, on aurait pu croire qu'il allait se mettre à pleurer. Ses yeux étaient devenus humides et son front se contractait douloureusement. De longues secondes, il demeura immobile sur son siège, le regard dans le vague et les mains posées à plat sur la table. Enfin, ses lèvres remuèrent imperceptiblement.

— Qu'on emmène ce mec, feula-t-il. Qu'on l'emmène et qu'on lui fasse cracher ses tripes.

Salfati avait bondi de son fauteuil.

— Bon Dieu, Nat ! Tu ne vas quand même pas croire que...

— Qu'on l'emmène ! brama Tramunti en martelant la table de son poing. Foutez-moi cette salope à la cave, avec l'autre enculé !

Déjà, Jack le gosse avait sorti un automatique et le pointait méchamment sur le *soto-capo*.

— Charge-t'en, lui dit Bolan. Epargne à ton père d'avoir à contempler ce spectacle.

Un calibre dans les reins, Salfati fut poussé sans ménagement dans le concert de ses vociférations. La porte se referma.

— Je suis désolé, dit Bolan en allumant une nouvelle cigarette.

Marcus Weissbaum se préparait à dire quelque chose quand la porte se rouvrit sur un homme qui avança un radio-téléphone vers Tramunti.

— C'est pour vous, patron.

— Qui ?

— Moss.

Le *capo* s'empara de l'appareil et le porta rageusement contre sa joue. Au bout de quelques secondes, ses yeux se plissèrent, puis une grimace lui tordit la bouche.

— Y a combien de temps ? questionna-t-il.

Très vite ensuite, il conclut :

— Fais pour le mieux, Moss. A coup sûr, le

Grand Fumier essaie de nous faire du mal par la bande. Tiens-moi au courant.

Il replaça d'un geste brutal le téléphone dans les mains de son sous-fifre. Corley ouvrit la bouche pour la première fois depuis le début de la réunion :

— Qui était-ce ?

Il n'obtint qu'un immense soupir en guise de réponse.

— La Combinaison noire ? fit Bolan.

— Oui. Ce fumier a déjà bousillé un de nos entrepôts et la baraque de Marcus.

— Ma maison ! gémit Weissbaum. Il a attaqué ma maison !

— T'es là et en sécurité, cracha Tramunti. Alors, pas la peine de chier dans ton froc.

— Je suppose qu'il n'y a plus aucune couverture de flicaille à l'extérieur, interrogea Bolan.

— Non. Tous ces mecs sont en train de converger vers le Fumier.

C'était parfait ainsi. L'Exécuteur allait pouvoir lever le rideau sur le dernier acte sanglant.

Douglas-Bolan se leva et regarda Tramunti avec compassion.

— T'en fais pas, Nat. Je vais vérifier que tout se passe bien chez toi.

CHAPITRE XV

— *Stricker* à Base Mobile !

— *Oui, Stricker,* fit la voix de Blancanales.

— Où êtes-vous ?

— *On vient juste de rallier le point H-16. Gadgets est en train de placer la tourelle en position.*

— Bon, activez. Premier impact dans cent quatre-vingt secondes. Les autres suivront toutes les vingt secondes comme prévu. Ensuite, vous décrochez.

— *O.K.*

— L'hélico ?

— *J'avertis Jack qu'il décolle tout de suite.*

— Banco. *Over.*

Mack Bolan coupa la communication. Il régla son transceiver sur une autre fréquence et appela :

— Max !

Il attendit une dizaine de secondes et dut réitérer son appel.

— *Qui demande Max ?* s'inquiéta la voix prudente de Max Charley.

— C'est bientôt le signal. Tes gars ont leurs couteaux entre les dents ?

— *Ils n'attendaient que ça. Qu'est-ce que je fais ?*

— Commence par envoyer trois ou quatre types dans la cave de la maison. Ils pourront y récupérer ton patron. Qu'ils ne fassent pas de détail. Lance le reste de ta troupe sur les mecs de l'autre bord dans deux minutes. Tu crois que ça ira ?

— *Ils sont tous marqués,* assura Charley.

— Je veux également pouvoir les prendre en contrôle si j'en ai besoin.

— *Ayez pas de crainte, chacun d'eux sait qui vous êtes.*

— Et la seconde équipe ?

— *Prête aussi.*

— O.K. Toi, tu me rejoins près du garage. Fonce, Max.

Bolan replia l'antenne télescopique du transceiver, la plaça dans une poche et quitta l'auvent sous lequel il s'était abrité. L'orage grondait. La pluie crépitait avec une violence accrue. Il s'élança dans le hall de la villa, avisa tout de suite un soldat qui se tenait appuyé contre un mur.

— Toi !

Il lui désigna l'entrée d'un couloir.

— T'as pas intérêt à laisser passer qui que ce soit derrière moi. Vu ?

L'homme acquiesça d'un signe de tête. Bolan s'élança dans le couloir, tourna à un angle et s'arrêta devant l'avant-dernière porte. La poignée résista à sa pression. Il appela :

— Toby ?

Un glissement de l'autre côté du battant précéda une voix féminine.

— Mack ? Je suis enfermée...

— Ecarte-toi.

Il tira plusieurs balles silencieuses de 9 mm sur la serrure qui se déchiqueta et repoussa le battant. Toby Ranger se dégagea du mur contre lequel elle s'était adossée. Elle portait la même tenue que lorsqu'il l'avait aperçue la première fois en début d'après-midi.

— Oh Mack ! J'étais morte de frousse. Ce salaud a donné l'ordre de m'enfermer presque tout de suite après le...

— Pas le temps de discuter, la coupa Bolan.

Il la prit par un bras et la poussa dans le couloir. Ils débouchèrent dans le grand hall où le type toujours en faction les considéra d'un air ahuri.

— Excusez-moi, monsieur, commença-t-il d'un ton gêné. Mademoiselle Charlene ne peut pas sortir.

— Bien sûr que si, renvoya Bolan en lui expédiant une ogive brûlante entre les deux yeux.

Il entraîna Toby à l'extérieur, vit trois formes imprécises qui couraient vers l'entrée et immobilisa la jeune femme contre lui. Les hommes de Max Charley passèrent à côté d'eux sans même les voir.

On ne distinguait rien à plus de cinq mètres malgré la lumière diffuse qui tombait de la maison. A vingt mètres, c'était la purée de pois complète. Les ténèbres, la pluie et le vent rageur. L'Exécuteur ne pouvait rêver mieux. Mais il devait avant tout mettre la fille en sécurité, si tant est qu'il pouvait exister un tel endroit sur des centaines de mètres à la ronde. Dans quelques secondes, l'enfer s'abattrait sur la place et survivre deviendrait presque une gageure.

Des éclairs cisaillaient parfois l'obscurité, plaquant de brèves visions glacées devant eux. Enfin, ils atteignirent l'angle du garage où Max Charley attendait, curieuse petite silhouette jaillie de la nuit tourmentée. Il avait un P.M. à la main. Un autre homme se tenait à quelques pas de lui, la tête courbée sous les trombes d'eau.

Bolan poussa Toby Ranger contre le chef d'équipe.

— Tu m'attends ici, lui murmura-t-il à

l'oreille. Si je ne suis pas de retour dans trois minutes, fonce à l'est de la propriété et attends l'oiseau qui doit venir nous prendre.

Il tendit le bras pour lui indiquer la direction.

— Quel oiseau? frissonna-t-elle, sa main agrippant la manche de Bolan.

— Un ami. Tu pourras te diriger au bruit.

En même temps, il fit une muette prière pour que les conditions météorologiques infernales puissent permettre à Jack Grimaldi d'arriver jusque-là. Il posa la main sur l'épaule de Max Charley, s'approcha tout près de lui pour se faire entendre à travers le crépitement de l'orage.

— Dis à ton soldat qu'il veille sur la sécurité de la fille.

— D'accord, Matt. Mais je comprends pas pourquoi elle est ici...

— Fais ce que je te dis, gronda Bolan. Tu comprendras plus tard. Es-tu prêt à répondre d'elle sur ta vie?

— Si vous me le demandez, vous pouvez y compter.

— C'est bon. Rejoins tes hommes, maintenant. Qu'ils s'éloignent du parking et de la barrière d'entrée.

Il donna une petite tape rassurante sur l'épaule de Toby et se fondit dans la nuit diluvienne. Un peu plus loin, il actionna le transceiver qu'il plaça à l'abri de sa veste et lança :

— Jack !

Un crachotement orageux lui répondit, puis la voix hachée du pilote :

— ... *suis en pleine... pas facile...*

— Règle ta puissance au maxi, je t'entends à peine.

— ... *à vitesse très réduite... Réception Un sur Cinq... Sais pas si je... à cause du terrain...*

Ça s'annonçait mal côté repli.

— Continue et écoute permanente ! renvoya Bolan.

Il rangea l'appareil et partit d'un pas rapide, s'orientant au jugé vers le bosquet où il avait déposé son armement. Il mit près d'une minute à retrouver l'endroit. Tout de suite, il entreprit de se déshabiller sous la douche glacée venue du ciel, puis il enfila sa combinaison noire, boucla son ceinturon de combat et les holsters pour les deux armes de poing, et passa la bretelle de l'Uzi autour de son cou. Il avait cinq chargeurs supplémentaires de chacun trente cartouches pour le petit P-M ; quatre de dix coups pour l'AutoMag et autant pour le Beretta. Cela devait suffire.

Plaçant le cadran lumineux de son chrono près de son visage, il vit qu'il restait douze secondes avant l'entrée en action de son char de guerre. Huit... Trois... Zéro.

Il n'y eut qu'un retard de trois secondes. A une distance inappréciable à travers la muraille liquide, le premier oiseau de feu fit entendre son miaulement caractéristique accompagné d'un grondement qui allait en s'amplifiant. Mentalement, l'Exécuteur procéda à un décompte.

Trois. Deux. Un... Brusquement, une lueur orangée refoula les ténèbres et la pluie, à une centaine de mètres. C'était le parking situé du côté ouest. L'explosion fracassante survint un tiers de seconde plus tard. Il partit au pas de course vers la villa, notant les coups de feu qui commençaient à claquer un peu partout dans le parc. Se mélangeant parfois aux détonations, le tonnerre claquait avec force, provoquant des zébrures fugaces et floues dans l'atmosphère aquatique.

Une dizaine d'hommes se tenaient devant l'entrée de la bâtisse, tournés vers le parking où plusieurs véhicules démantelés étaient la proie des flammes.

— Doux Jésus ! cria l'un d'eux. Cette saloperie de foudre !

Un autre s'avança et hurla :

— C'était pas la foudre, on aurait dit comme une fusée !

— Faut pas rester ici ! aboya un type qui pouvait être un chef d'équipe. Rentrez tous, bordel de merde ! C'est une...

Bolan le fit taire en lui expédiant une courte giclée de l'Uzi qui l'envoya valdinguer dans les bras de ses comparses. Puis il enchaîna par une longue rafale, balayant le groupe de gauche à droite. Des cris stridents retentirent, vite stoppés par les projectiles de 9 mm qui labouraient les chairs et faisaient jaillir le sang. Deux ou trois coups de feu tirés par des riot-guns lui vinrent en réponse. Des chevrotines s'enfoncèrent sans aucune efficacité dans les ténèbres.

Dès que le premier corps eut cessé de bouger, l'Exécuteur s'élança vers le perron tout en plaçant un chargeur neuf sous le boîtier de culasse du P-M. Il déboucha dans le hall éclairé comme un boulet de canon, tira une seule balle sur un garde solitaire qui tentait de s'interposer et se jeta sur la porte de la salle de conférence tandis que l'homme commençait seulement à se recroqueviller sur lui-même, le front éclaté.

La porte pivota et claqua violemment sur la cloison. Bolan fit un bond de côté pour éviter le tir qui l'accueillit immédiatement! Corley s'était planqué derrière le dossier d'un fauteuil et brandissait un revolver en direction de la porte. Une balle arracha un morceau du mur près de l'épaule de Bolan. Une autre lui frôla la hanche avant de s'enfoncer dans le chambranle. Le mini-Uzi était déjà pointé sur le tireur. Sa gueule sinistre s'auréola brusquement de rouge dans un crachotement assourdissant qui laboura le dossier du fauteuil, rejetant Corley à plus d'un mètre, la poitrine défoncée et le regard glauque.

Marcus Weissbaum s'était réfugié dans un angle de la grande pièce, les bras levés contre son visage dans une protection illusoire. L'Exécuteur lui tira une courte rafale à ras des pieds pour lui faire baisser les bras. L'homme d'affaires véreux sursauta, faillit pousser un hurlement et, subitement, son regard ressembla à celui d'un dément.

— Vous... vous ! bégaya-t-il.

Il n'y avait personne d'autre dans les lieux. Nat Tramunti s'était éclipsé.

— Sors d'ici ! intima Bolan.

Mais l'autre paraissait paralysé par une trouille abjecte. Il dut aller le chercher et le poussa hors de la salle, puis il lui fit traverser le hall et dégringoler les marches du perron. Des coups de feu atténués retentirent à l'intérieur de la maison, en provenance du sous-sol. Les hommes de Max Charley étaient aux prises avec des défenseurs fidèles au grand patron.

Il fit marcher Weissbaum sur une quarantaine de mètres, le plaqua contre une statue imitant la Victoire de Samothrace et lui assena sur la nuque un coup avec la crosse de l'Auto-Mag.

Une seconde roquette larguée depuis la caravane avait percuté de plein fouet un petit bâtiment servant occasionnellement à loger la troupe, à faible distance de l'allée principale. Abandonnant sur place le business-man, Bolan repartit vers la villa dans laquelle il pénétra en pulvérisant une fenêtre au rez-de-chaussée. Dans l'escalier menant à l'étage, il tomba presque nez à nez avec Jack le gosse qui dévalait les marches, en plein affolement, le canon d'un fusil anti-émeute braqué sur lui. Il marmonnait des mots incompréhensibles et son visage était grimaçant.

— Merde ! proféra-t-il en s'arrêtant brutalement à deux mètres de la grande silhouette noire. Vous... Putain !

— Tire-toi, fit Bolan. Lâche ton flingue et tire-toi.

Jack avait mal calculé son élan. Il avait tenté de faire un bond de côté en même temps qu'il appuyait sur la détente du fusil. Mais ses pieds glissèrent sur la moquette de l'escalier et il tomba sur les fesses. La grosse détonation de l'arme provoqua un cratère dans le plafond ; des morceaux de plâtre se détachèrent. Le Beretta était déjà venu se loger dans la main de Bolan en un geste quasi imperceptible. Il émit un soupir perfide et le front du petit voyou s'étoila de rouge.

L'Exécuteur enjamba son corps, poursuivit son chemin jusqu'au bureau de Tramunti dont il trouva la porte grande ouverte. Celle du coffre l'était également. Elle béait sur le vide. Naturellement, le maître des lieux avait estimé que pour lui la situation requérait une décision expéditive. Il avait récupéré ses papiers confidentiels et choisi d'opérer une fuite en douceur.

Une autre déflagration secoua la maison. Cette fois, Blancanales avait axé le tir sur l'abri des gardes chargés de surveiller le portail du parc. Une grande lueur aperçue à travers la fenêtre du bureau signalait le coup au but.

L'Exécuteur n'avait plus le temps de partir à la recherche du *capo*. Il lui fallait maintenant se dégager de la bataille, s'éloigner au plus vite. Il quitta la demeure et vit deux groupes adverses qui s'affrontaient à quelques mètres de la façade, tiraillant et bondissant pour éviter la grenaille en furie qui claquait de toutes parts. Il les aida les uns et les autres en balayant successivement les silhouettes gesticulantes avec de brèves rafales vomies par le mini-Uzi. Lorsque le chargeur fut vide, il tira l'AutoMag de sa gaine et couvrit sa retraite dans le rugissement meurtrier des balles de .44 magnum.

— *Stricker* pour Oiseau nocturne ! cracha-t-il dans son transceiver, quand il se fut suffisamment éloigné.

Cette fois, la voix de Grimaldi lui arriva assez clairement :

— *O.K., Stricker. Je suis là, pas loin de l'objectif. Mais je crois pas que je pourrai me poser. Je n'ai aucune visibilité.*

— Tu as un terrain dégagé en amont d'ici. Environ huit cents mètres sur du plat. Pose-toi là-bas, j'arrive.

— *D'accord, Stricker. Décroche vite, bon sang !*

La voix de Blancanales interféra subitement sur la fréquence :

— *Stricker ! La récupération prévue semble impossible. Oiseau de nuit n'a aucune visibilité.*

— Quelle est ta position, Pol ? renvoya Bolan.

— *On arrive vers toi.*

— Pas question, tirez-vous !

— *On peut te récupérer, Stricker, merde !*

— Négatif ! Tirez-vous. *Over.*

Il coupa brutalement la communication, plaça le transceiver dans une poche de sa combinaison et s'élança vers le garage intérieur. Et c'est alors qu'il se produisit un étrange phénomène. La pluie cessa d'un coup. Exactement comme si une main céleste avait fermé un robinet. Une bourrasque glacée charria un instant des particules d'humidité et quelques feuilles arrachées aux arbres. Levant la tête, Bolan vit qu'une partie du ciel était devenue visible à travers une déchirure des nuages. Il aperçut quelques étoiles tremblotantes, incertaines, qui irradiaient une clarté pâlichonne. Ensuite, il vit le terrain autour de lui. A quelques mètres de là, un cadavre était étendu au sol et son sang se mélangeait dans la boue mouvante qui ruisselait sur la légère pente. D'autres tas informes signalaient d'autres morts, plus loin, éparpillés de place en place, parfois emmêlés les uns aux autres, témoignage de l'affrontement sans merci auquel les *amici* s'étaient livrés. Quelques coups de feu claquaient encore. De petites flammes fugitives marquaient les emplacements des tireurs. Et, devant Bolan, à seulement six ou sept mètres de lui, une forme humaine venait d'apparaître à l'angle du garage. Une silhouette devenue depuis peu familière à l'Exécuteur.

CHAPITRE XVI

Max Charley avançait à découvert, marchant avec lenteur, manifestement sur le qui-vive. Il tenait un P.-M. Thompson d'une main. Son bras gauche pendait le long de son corps. Un talkie-walkie était suspendu à son cou. Il n'avait pas encore aperçu Bolan dont la combinaison noire se confondait avec la nuit. Lorsqu'il ne fut plus qu'à trois mètres, l'Exécuteur fit un pas en avant et sa voix claqua, glaciale :

— Bouge plus, Max. Reste où tu es.

Le mafioso sursauta et s'arrêta net, remontant de quelques centimètres le canon de son P.-M. Mais une nouvelle injonction stoppa son mouvement :

— Fais pas de connerie, vieux. Peut-être que je vais te laisser ta chance.

Charley dut reconnaître la voix de celui qu'il avait jusqu'alors pris pour Matt Douglas. Il écarquilla les yeux en apercevant la combinaison de combat qui, à présent, se découpait dans la lueur d'incendie venue du parking.

— Merde ! lâcha-t-il tout simplement.

Il venait de comprendre en un éclair.

— Eh oui, Max. C'est le dénouement.

— Vous allez essayer de me foutre une balle dans la tête, Bolan ?

— Pas si tu fais demi-tour. Lâche ton flingue et casse-toi.

— Vous voulez vraiment me laisser ma chance, hein ?

— Oui. Je crois que tu n'es pas complètement pourri. Il y a peut-être encore quelque chose de valable en toi.

Bolan pensait sincèrement ce qu'il disait. Il s'aperçut que du sang coulait par la manche de Max Charley. Sans doute avait-il pris du plomb dans l'épaule ou dans le bras.

Le petit truand ricana :

— Je veux pas prendre cette chance, Bolan.

— Tu as le droit de choisir.

— Vous m'avez bien eu avec tout ce baratin. Putain, ce que j'ai pu marcher...

A cet instant, le talkie-walkie suspendu au cou de Charley grésilla :

— *Attention ! Faites gaffe, le salaud va essayer de se barrer... T'entends, Max ? Il a une tire... Réponds...*

Max avait entendu mais il ne répondit pas.

Les yeux dans ceux de Bolan, il fit une grimace désabusée.

— J'ai marché et j'ai fait bousiller des copains...

— Désolé de t'avoir raconté des salades, dit l'Exécuteur. Je peux seulement te dire que ce que je t'ai raconté au sujet du vieux Joe est exact.

Une étincelle parcourut brièvement le regard du mafioso.

— C'est pas du charre ?

— Nat a fait assassiner Joe Buscetta, Max. C'est tout ce qu'il y a de vrai dans ce que je t'ai dit.

Un instant, Bolan crut que l'autre allait prendre la mauvaise décision. Mais il l'entendit marmonner :

— Ouais... J' vous crois. Vous avez sûrement raison.

Et le petit truand baissa soudain le canon de son P.-M. Il fit lentement demi-tour, puis s'éloigna. Bolan le regarda partir avant de rejoindre l'entrée du garage.

— Toby ! appela-t-il à voix basse.

Une ombre bougea derrière un véhicule. Une tête se releva et la faible clarté venue des étoiles caressa un instant une chevelure blonde.

— Mack ! Tu...

Il l'attira à lui et la serra dans ses bras un court moment. Puis il l'entraîna à travers le parc où crépitaient encore quelques coups de feu épars. Les derniers échos d'une fusillade qui avait anéanti l'empire d'un dément. D'autres détonations plus rapprochées parvinrent du parking. Un moteur gronda, poussé à plein régime. Et Bolan enregistra une des dernières scènes de la bataille. Il distingua une silhouette qui courait rapidement au-devant d'une voiture dont les pneus patinaient dans la boue. Les phares n'étaient pas allumés. Tout en courant, Max Charley tira une rafale avec son Thompson, mais les balles ne firent qu'effleurer le véhicule. Un bras apparut par une portière, armé d'une mitraillette qui se mit aussitôt à cracher le feu sur la silhouette mouvante. Charley expédia encore quelques projectiles et soudain son corps s'arc-bouta, ses jambes ployèrent sous lui et il s'affala dans une longue glissade gluante.

Bolan repoussa sèchement Toby Ranger, fit un brusque écart et dégaina son AutoMag qu'il pointa sur le véhicule dont la vitesse s'accroissait. Il actionna deux fois la détente. Deux énormes balles blindées partirent en grondant et perforèrent le pare-brise en *triplex*. Une troisième ogive atteignit la calandre, puis une autre et une autre encore, jusqu'à ce qu'il y eût un abominable grincement de pièces mécaniques tordues, et la voiture dérapa sur le sol détrempé, glissa de côté pour finalement s'arrêter dans un soupir de ferraille à deux pas de l'Exécuteur.

Il dégagea une portière, recevant aussitôt dans les bras le corps pantelant de Nat Tramunti. Le conducteur était mort. Il avait pris une balle dans le nez et son visage n'était plus qu'une bouillie infecte. Le *capo*, lui, avait été atteint juste au-dessous de la gorge, mais il y avait encore un peu de vie en lui. Ses yeux vitreux s'accrochèrent à Bolan quand celui-ci se pencha pour saisir l'attaché-case posé entre les deux sièges. Il balbutia une phrase sifflante et incompréhensible que l'AutoMag interrompit avec un aboiement qui pulvérisa la tempe de l'homme dont le rêve ignoble avait failli devenir réalité.

La mallette à la main, l'Exécuteur partit rejoindre Toby, mais s'arrêta devant le corps du chef d'équipe. Il lui avait semblé entendre un râle. Il se pencha sur lui et vit que Charley n'était pas encore mort.

— Tu veux me dire quelque chose avant de partir ?

— Bolan. Dis-moi... Est-ce que le salopard est...

— Oui, Max. Tu l'as eu.

— C'est pas du charre ?

— En pleine gueule.

— C'est...

Une grimace de souffrance tordit la bouche

de Charley. Sa poitrine était criblée d'impacts sanglants sur le côté droit.

— Joe est... vengé ! articula-t-il dans un râle d'agonie. Bolan... je...

Il mourut sans que Bolan puisse savoir ce qu'il voulait encore ajouter.

Le grand guerrier se releva, prit la main de Toby et l'entraîna vers la Victoire de Samothrace. Une victoire pour lui, en effet, bien qu'il ne fût pas encore sorti de la zone de combat. Mais incontestablement une défaite pour les charognards de la *Cosa Nostra.*

Il confia l'attaché-case à la jeune femme, chargea le corps inanimé de Marcus Weissbaum sur son épaule. Le type pesait assez lourd et il y avait encore une longue distance à parcourir avant d'être définitivement à l'abri. Mais il tenait à emporter avec lui cette pièce à conviction vivante. Il voulait la remettre entre les mains de flics honnêtes, des hommes qui ne risquaient pas de se laisser acheter par le fric pourri de la Mafia : les Fédés de Brognola.

Au bout de deux cents mètres, ils franchirent la barrière d'enceinte sans rencontrer la moindre résistance. Encore six ou sept cents mètres à parcourir avec plus de quatre-vingts kilos sur le dos sans compter le poids des armes et du harnachement de combat.

Toby ne comprenait pas comment Bolan pouvait porter une charge pareille et courir sans le moindre signe de fatigue. De quel métal ce fichu type était-il fait ? Elle-même peinait sur le sol détrempé, glissait parfois et sentait le souffle qui lui manquait. Elle commençait à croire qu'il allait lui faire parcourir à pied la route jusqu'à Dallas, mais enfin il incurva sa trajectoire le long d'une petite colline. La mallette pesait une tonne dans la main de Toby.

Un grand champ apparut devant eux. Et, au milieu du champ, la masse sombre et squelettique d'un hélicoptère.

— L'oiseau de nuit ! bredouilla-t-elle, la gorge en feu.

Le rotor tournait au ralenti. Lorsqu'ils ne furent plus qu'à une trentaine de mètres de l'appareil, Grimaldi sauta du cockpit et courut à leur rencontre.

— Faut pas traîner, s'exclama-t-il. Y a des voitures de flics qui se ramènent dans le coin.

— Gadgets, Politicien ? s'inquiéta Bolan.

— Ils taillent la route. Ils ont décroché dès que je leur ai annoncé que j'avais pu me poser. Bon Dieu, quelle merde de temps !

Ils installèrent Marcus Weissbaum sur un siège à l'arrière du cockpit. Bolan lui lia les poignets dans le dos avec un garrot tandis que Grimaldi accélérait le moteur de l'hélico. Quelques secondes plus tard, une petite secousse les arracha du sol. L'appareil s'éleva rapidement à la verticale, monta à quatre cents mètres en vol ascensionnel et prit un cap vers le nord.

EPILOGUE

Au-dessous d'eux, plusieurs brasiers jalonnaient la propriété de Tramunti. Des incendies alimentés par l'essence des véhicules et que la pluie n'avait pas réussi à étouffer.

Bolan actionna la radio de bord, appela :

— *Stricker* pour Base Mobile !

— *Où es-tu ?* renvoya aussitôt la voix inquiète de Schwarz.

— En éloignement au-dessus de la zone sensible. Pas de problèmes de votre côté ?

— *Tout est O.K. On pédale à fond la caisse.*

— D'accord. A tout à l'heure. *Over.*

Il raccrocha le micro sur le tableau de bord.

— Ça n'a pas dû être de la tarte, fit Grimaldi en jetant un coup d'œil à la combinaison de Bolan qui était souillée de boue, de sang, et déchirée par endroits.

— Ça ne s'est pas trop mal passé, Jack. Pointe ce taxi au nord et force un peu la vitesse.

— Merde, je suis à fond ! renvoya le pilote.

Bolan lui sourit. Il sentit derrière lui les cheveux blonds de Toby Ranger qui venaient frôler son visage. La jeune femme avait posé ses avant-bras sur le dossier de son siège.

— Mack... Je n'ai pas oublié de te réclamer quelque chose.

Elle voulait évidemment parler de l'appareil photo contenant les clichés des documents confidentiels. Il tourna la tête vers elle et lui fit un clin d'œil.

— Dès que nous aurons rejoint les autres, promit-il.

Toby lui sourit.

— Et après ?

— Après ?

— On pourrait peut-être laisser tomber un moment ce genre de *business*...

Bolan voyait ce qu'elle voulait dire. Et Grimaldi aussi. Le pilote lui adressa une petite grimace complice, marmonnant :

— Où est-ce que je dois vous déposer, tous les deux ?

Ils rirent ensemble et cela fit du bien à Bolan. La tension physique qui l'avait animé jusque-là tomba d'un coup.

Oui, pour un temps, il pourrait peut-être abandonner les armes et essayer de croire à autre chose qu'à sa guerre. Il pensait que l'amour est une chose infiniment précieuse. La seule chose capable d'humaniser les problèmes et les vacheries de la vie, tout au moins celle qu'il avait choisi de mener. Dans laquelle, plutôt, des individus qui, eux, n'avaient plus rien d'humain, l'avaient forcé à se plonger corps et âme.

Cette fois encore, il s'en était tiré indemne. La Mafia avait craint que l'Exécuteur ne cherche à diviser ses forces. Une autre de ses tactiques de combat consistait à rassembler les *amici* pour les anéantir tous ensemble. Il leur avait prouvé qu'ils étaient dans l'erreur en les infiltrant pour mieux les déchiqueter de l'intérieur.

Il était entré sur la scène de Dallas et il avait brûlé les planches. En toute simplicité. Mais aussi, le Syndicat du Crime lui avait bien préparé le terrain. Il avait bénéficié d'un théâtre magnifique pour l'exécution de ses projets. Un théâtre bâti avec des pierres branlantes sur un sous-sol marécageux et plein d'un grouillamini de créatures crépusculaires avides de pouvoir, méfiantes et capables de la pire démence pour satisfaire leur insatiable boulimie. Prêtes aussi à s'autodétruire quand un Matt Douglas quelconque venait leur annoncer qu'il fallait se rallier à la bonne cause. A « Notre Chose », ou plus exactement à la « chose » étonnamment égocentrique que chaque mafioso porte en lui tel un animal monstrueux prêt à mordre les êtres sans défense ou à se retourner contre son maître.

Mais l'opération avait réussi. C'était ce qui comptait. Les documents ramenés par Bolan allaient permettre à Hal Brognola d'opérer une purge dans certains milieux de Dallas. Des citoyens apparemment honnêtes se retrouveraient très vite hors d'état de nuire, et quelques flics vendus aux *amici* écoperaient aussi.

Marcus Weissbaum était toujours inconscient sur la banquette, derrière eux. Grimaldi pilotait son taxi en mettant toute la gomme vers l'Etat d'Oklahoma distant à présent d'à peine une quinzaine de kilomètres. Toby Ranger paraissait s'être endormie, en appui sur le dossier de son fauteuil. Il sentait la douce chaleur de son visage contre sa joue. Et, en bas, ses amis, Politicien et Gadgets, traçaient leur route vers la frontière de l'Oklahoma.

Tout était bien, donc. Peut-être, pour un temps, l'Exécuteur allait-il pouvoir déposer les armes, ôter sa combinaison sanglante et revêtir une autre peau.

Achevé d'imprimer en septembre 1985
sur les presses de l'imprimerie Bussière
à Saint-Amand (Cher)

— N° d'imprimeur : 2249. —
— N° d'éditeur : 11372. —
Dépôt légal : octobre 1985.

Imprimé en France